FLORET
READING

小花阅读

我们只写有爱的故事

青 春 阅 读 幸 得 相 见

图书在版编目（CIP）数据

春风拂我 / 笙歌著. -- 贵阳：贵州人民出版社，
2016.9（2020.1重印）
　ISBN 978-7-221-13478-3

　Ⅰ.①春… Ⅱ.①笙… Ⅲ.①长篇小说－中国－当代
　Ⅳ.①I247.5

中国版本图书馆CIP数据核字(2016)第201515号

春风拂我

笙歌 著

出版统筹	陈继光
选题策划	大鱼文化
责任编辑	陈田田
流程编辑	胡　洋
特约编辑	曾雪玲　菜秧子
装帧设计	刘　艳　昆　词
出版发行	贵州人民出版社（贵阳市观山湖区会展东路SOHO办公区A座，邮编：550081）
印　　刷	三河市华东印刷有限公司
开　　本	880×1230毫米　1/32
字　　数	196千字
印　　张	9
版　　次	2016年10月第1版
印　　次	2016年10月第1次印刷　2020年1月第2次印刷
书　　号	ISBN 978-7-221-13478-3
定　　价	39.80元

春风拂我

FLORET

READING

笙歌 / 著

CHUNFENG
FUWO

贵州出版集团
贵州人民出版社

|小花阅读|

【一生一遇】系列第二季

《春风拂我》

笙歌 / 著

标签: 一不小心就成了网红 / 迷妹与男神 / 互撩日常 / 甜暖童话

有爱内容简读:

"我咋天说的话,你考虑好了吗?"

南森牢牢地抓住夏未来的手,好像是不让她再有落跑的可能性。

他脸上看似一派轻松,可夏未来无比清楚地知道他有多紧张,从他不同往日的拘谨声线,被握住的手心里微微泛起的汗意,以及他现在凝视自己的眼神。

没来由地,她就知道他所有细微举动中蕴藏着的含义。

突然,夏未来一直悬在半空,不得安宁的心轻松了起来。她纠结了很久的事情也终于有了答案。

她点头,刚想开口说什么就被南森抱了个满怀。

他埋在夏未来的肩颈处,呼出的热气一扇一扇地扑在她露在空气中的肌肤上,仿佛一片羽毛划过心间,让她全身都战栗起来。

"你答应了吗? 夏未来。"

《美好如你》

狸子小姐 / 著

标签: 毒舌超能男神 / 初次心动对象 / 乌龙相亲 / 命中注定

有爱内容简读:

关卿看着何霜繁在认真开车的样子,心里莫名一软,原来他爱自己,就像自己爱他一样,想到何霜繁以后就只是一个单纯的人类了,关卿忽然义正词严地保证道:"何霜繁,我保证以后一定会好好照顾自己。"

"嗯。"

"那你也不能够再以任何理由拒绝我,或者不理我。"

"嗯。"

"那你会接我下班吗?"

"嗯。"

"那……"

"关卿,我们结婚吧。"

"什么!?"

"嗯,明天就去。"

《四海为他》

打伞的蘑菇 / 著

标签: 悬疑虐恋 / 深情守护 / 仇人与爱人 / 是软肋更是铠甲

有爱内容简读:

胡樾一个用力,将她带入水中。

那时候余海璇还不会游泳,在水里扑腾着,明明觉得自己快要被淹死了,可嘴里还不断地咒骂着胡樾的丧心病狂。

也许是因为胡樾始终在旁边,余海璇也不知道自己怎么就那样学会了游泳,至少自己不会被淹死了。

她紧紧地抓着胡樾的胳膊,心有余悸:"胡樾,你是想让我溺死吗?"

胡樾微微搂着她,带着她往岸边划去,状似无意地嗯了声:"如果你想的话,宠溺的溺倒也可以考虑。"

"不一样?"

"一个是我,一个是有我的海,要么溺死在我心里,要么溺死在我怀里。"

《鱼在水里唱着歌》

鹿拾尔 / 著

标签: 暗戳戳 vs 易炸毛 / 谈恋爱不如破案 / 一言不合就虐狗 / 这很甜宠

有爱内容简读:

思及至此,池川白蓦然轻笑一声,细碎的黑发湿漉漉地黏在他的额角,衬得他的眼睛更加漆黑而深邃。

"我想说。"他望着鱼歌慢慢说,"我想陪你看星星看月亮看太阳,走遍世界的每一处角落,看遍世界的每一处风景……但是,我更想告诉你的是,于我而言,最美的风景是你。"

"你曾问我喜不喜欢你,我仔细想过了,不,不该是喜欢。"池川白定定地望着眼前这个笑得狡黠而得意的小女人,他的嗓音低沉舒缓,"应该是我爱你。"

声音隔着细密的雨点声,轻轻柔柔地落在她耳郭。

"我爱你鱼歌。"

《悄悄》

晏生 / 著

标签: 偶遇与重逢 / 催眠术和失眠症是完美的一对 / 并肩同行的爱情

有爱内容简读:

陆城遇没有上车,蹲下来,对叶悄说:"我背你回家吧。"

叶悄虽然想四脚离地,一把扑上去,可她没胆儿:"我不敢,你身体还没恢复,万一被我压成了重伤,我到哪儿告状去?"

这时候,陆城遇在她心里俨然就是个一碰就碎的花瓶,光看看就很满意了。

叶悄死活不肯趴上去,但又不忍心看陆城遇一脸郁闷的神情,突然灵光乍现,这次换她蹲下来大喊:"快来! 快来! 我背你!"

陆城遇顿时就被逗笑了。

这姑娘,真是越来越二了。

他把她从地上拉起来,手指一根根扣在一起:"算了,我们还是一起走吧,这样比较靠谱。"

这叫执子之手,与子偕老。

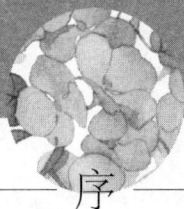

序

很久以前，春风来过

■ 莫 峻

认识笙歌的时候，她是我的读者，还是个高中生。

像多数的高中女生一样，她聪慧、活泼，在网上滔滔不绝妙语连珠，一言不合就拿出了她的小骄傲。

那时候，她还不叫"笙歌"这么文艺的名字，她有个萌萌的名字叫杭蓓蓓，我的输入法很懒，经常打字的时候自动跳出"贝贝"这个选项，我也就习惯了叫她贝贝姑娘。

说起来，那好像都是很久以前的事了，因为，曾经的贝贝小姑娘，已经长成了文艺美丽的大姑娘笙歌，而且成为了我的后来人——她也走上了写作和出版这条不归路，编而优再写，这本《春风拂我》，就是她的第一本小说作品。

生活中的笙歌，是一个活得简单而干净的姑娘。

大学毕业后，她放弃了很多的机会，来到长沙投奔我，做了一个出版编辑。两年后，公司成立了小花阅读这个专为新作者服务的出版品牌，她又一次挑战自己成功。

我想，在这个过程里，她一定是吃了很多苦，也忍受了很多寂寞的。

毕竟一个人，想要走自己目标中的那条路，不偏不移，刚刚好就是

莫 峻
MOJUN

著名出版人
作家
最新作品《在很久很久以前》

那条，总不那么容易。

但是我们私下并没有交流过这个话题。

私下里，她总在给我讲笑话。

讲她遇见的人，遇见的事，想象中的故事，看过的电影。

我觉得她像一个快乐的段子手，生活中遇到的所有如意与不如意，似乎在她的心里，都能转化成欢脱的形式表达，所以，她始终让人感觉温暖而舒心。

不出意外，当她选择了开始写作，她的小说风格，就和她的书名一样，如春风里最温暖明亮的风，吹过了阅读者的眼睛。

她一如既往传达着美好、快乐、甜蜜、无所畏惧的观点，把一个个平凡的人的爱情故事，写得妙趣横生。

我相信一定会有很多很多的人，喜欢她的作品，喜欢她这个作者。

因为，我们都是希望自己活得更幸福的人。

贝贝姑娘，请继续加油，永远开心！

作者前言

于是，那晚开的玩笑，变成了铅字的故事

首先，我想坦白，《春风拂我》里的角色都是借用现实中的人名。万一哪天你看到自己出现了，一定不是我在暗恋你。

有天晚上，我和基友在群里假设，如果贱宋去丰胸，再坐在演唱会第一排，迷倒爱豆的概率有多高？

一群只会纸上谈兵的污力少女，没有压抑自己的天性，预想了很多不可描述的方案。

基于贱宋男友是计算机系的，所以又假设他以后成为网警，监控我们的聊天记录，看到贱宋在肖想其他男人的肉体，会怎么不可描述地对

于 是，那 晚 开 的 玩 笑，变 成 了 铅 字 的 故 事

她……

这是《春风拂我》的最初来源，是在我决定写故事的时候，第一时间，想到的素材。

于是，那晚开的玩笑，变成了铅字的故事。

我大概有考虑过自己的经济来源，在无聊的时候。但我没想过，某一天，银行卡里面会出现一笔稿费。因为，写故事，在我看来，是件很……不容易的事情。

没自信的时候，我会把自己贬得一无是处。所以，脑洞贫乏，思想薄弱，见识短浅，文笔平淡，担心自己性格不好玩以至于笔下的人物性格也会枯燥，甚至怕没耐心，写个开头就放弃。天知道我有多佩服那些挖坑填坑坚持日更的作者，包括现在的我，嘻。

其实我也应该没那么差，可当你初次尝试新事物，心里多半会是我这样子。

好吧，其实关键是，烟罗姐说"蓓蓓，你要不要试试来写故事？"。

　　我也不知道最后的我会活成什么样子，只是人生，总要多给自己一种可能。说不定就找到更喜欢做的事情了呢。

　　感谢烟罗姐给我这个可能，爱你么么哒。双手比心。

　　《春风拂我》的序，我看了三遍。

　　长得帅的人，说什么都是对的，所以峻哥夸我的那些话，也是对的！我已经准备好了笑话和八卦，打算再去说给他听。

　　我经常会找他说些杂七杂八的事情。读者们关于他的玩笑，网上流传的段子，或者身边的小事。反正随手转发正能量，希望他笑一笑，十年少。

　　哦，怕拉太多仇恨，还是不说太多啦，总之，他是个很好玩很善良的人。

　　有人问我，写稿难不难。我对她说，我写掉了半条命。

　　写稿中间遇到大大小小的难题，最重要的一个问题是，我，好像，不太会，撒糖。

　　有句话叫"没看过猪跑，但吃过猪肉"，所以我以为可以把持住这个问题。但写到一半的时候，男主差点被我给写没了。

　　于是我开始骚扰身边的脱单人士，主动要求她们给我秀恩爱。

　　那段时间，我差不多是朋友圈里全体单身狗同胞们的救星。

　　最后，给大家分享一个悲伤的笑话。

　　作为一个懒癌患者，什么时候才会勤快地整理房间打扫卫生，把堆在衣柜里的衣服一件一件叠整齐？

　　答：打开 word 的那一秒。

笙歌

2016.8.18

目录

目录

CHUNFENG
FUWO

春风拂我

CHUNFENG
FUWO

Chapter.1 ——

让我安安静静做个被拒
绝的美少女

如果问夏未来，她这一个多月来每天坚持早起，风雨无阻地绕远路
经过这家咖啡店到底是为了什么？

她现在就能捧着手机里的照片心满意足地回答你：哎呀，美色误人
啊，还好那些没睡回来的时间都是有回报的！

而回报是什么呢？

六月的清晨，天气好得不像话。夏未来站在咖啡店的落地玻璃窗外，
举着手机努力让它贴着玻璃，找好角度补好光，往店里咔嚓几声又是连
拍了好几张照片。

喏，就是刚刚拍的这些照片哪。

男神排在队伍里，略微低垂着头，专注地盯着某个点，自成一个世界，
全然没有注意到队伍前面的女生借着侧身和同伴说话而回头偷瞄他的目

光，以及柜台的收银员以为遮掩得很好的打量。

夏未来调出手机相册，翻看着刚才拍到的男神侧面，脑子里满满的都是弹幕——

"男神的美貌终于被定格到我手机里啦！棒棒哒！"

"我男神帅得好实诚呀！随便一个角度抓拍，都能帅破天际！"

"渣像素也不能让男神的颜值打折扣。真是男神界的良心！"

……

在心里狠狠地给男神的优秀基因点了个赞，她开心地把这些照片全传给了小伙伴宋瑾。

"小贱贱，说好的照片！看我男神不帅哭你！"

我，男神。

和大多数的美少女一样，夏未来也会在自己喜欢的名词前面加个"我"，好像一旦被这么修饰，名词的属性就会变成人称代词所有一样。

尽管是有些自欺欺人，但又有什么关系呢，还是会有一种"嗷嗷嗷我的我的，男神都是我的"的小窃喜啊。

这是夏未来在这家咖啡店里第二次遇见南森。

此时，她还不知道，这位让她自上次遇见之后就每天微博转发锦鲤大王，祈祷人海中再相见一次的貌美小哥，叫作南森。

是不是有点执念有点拼？

好吧，她这么拼其实是因为第一次在这家店看到南森后，就愣在原地回味了好久，然后火速掏出手机给宋瑾发消息说："贱宋啊，我发现了一个帅哥，靠脸就能发家致富走上人生巅峰的那种！"

宋瑾是夏未来的好基友，现在是 S 大计算机系的在校研究生，平时被夏未来用"贱宋""宋宋"或者"小贱贱"的爱称称呼。宋瑾是她追星的时候在贴吧认识的，差不多的岁数，又是同一个市的。平时一有偶像们的花边消息啊新出的写真啊，两人都会第一时间互通有无，过年过节发发红包送送偶像周边，革命感情就是这么积淀下来的。至今两个人的交情已有五年多了。

估计那天宋瑾也是要早起去上课的，没过几分钟就回消息说："照片呢，没实物图片拒绝和你对话。"

"你以为我不想拍吗！男神帅呆我了！没等我回过神来人就走了。

"一大早上班的店员本来都很严肃的，看到他就笑得很热情，表情切换得自然无衔接。看得我也是目瞪口呆。"

夏未来噼里啪啦发过去一大串，侧面描述男神如何帅气，然而被宋瑾冷漠地以"没图没真相"泼了一头冷水。

下次一定要拍到男神照片，图文结合地告诉宋瑾自己的新晋男神脸多赞！

夏未来暗自下了个决心。

托南森的福，夏未来一改往日颓废作风。

夏妈妈发现以前老叫嚣着要早睡早起，然而却坚持不了几天的自家女儿，这回真得洗心革面。夏未来每天早上六点半出门，走路上班活得很健康，作为养生达人的夏妈妈表示她很欣慰。于是，夏妈妈更加用心地在微信里，给自己女儿洗脑式地发那些"健康生活讲座，看完至少多活十年"的链接。

　　对着玻璃上自己的倒影，夏未来整理了一下头发就急忙转身进了咖啡店，几个快步抢在别人之前排在了南森的身后。南森很高。在这座南方城市，除了脸，身高大概也是让他在人群中显得鹤立鸡群的理由，165的夏未来才到他的肩膀。

　　意识到这点，夏未来变得有点小羞涩，这个不是网上说的情侣最佳身高差嘛？她左右观察了下，趁着周围还没人注意这边，又拿出了手机，以假装自拍的姿势飞快地拍了一张男神的背影照。

　　嗯，争取早日达成"男神360度无死角高清无码近身照我全有"的目标啊，夏未来。

　　其实离得有点近，照片只get到了男神肩膀以上的部位。不过没关系，从后脑勺看也是能感受到男神的帅气的。

　　到了上班高峰期，咖啡店的人渐渐地多了起来，排在前面的队伍也在慢慢缩短，夏未来晃荡着身子，一边瞟几眼男神的后脑勺，一边又心虚地向周围扫视一下。

　　本以为待会儿又得默默目送男神离开的夏未来，突然看到了一样东西。她整个人都变得忐忑起来，伸出手想戳一下他，又有些不好意思地缩回来。

不知不觉中，脑子里开启了自己与自己对话的小剧场模式。

"今天难道是自己的幸运日？为什么连咖啡店也要这么神助攻呢？"

"可是真的怪不好意思的啊，要是等下他不理自己怎么办？"

"第二杯半价啊，出现得这么及时，错过了这次，下一回还不知道有没有这么好的机会呢？"

"后面排着那么多人，真的会有点丢人啊。"

"但是，他们又不认识自己，丢脸就丢脸呗，反正丢着丢着就习惯了……"

"嗯？有事？"

前面的男生突然半侧过身子，下巴有些收起，黑色碎发柔软地垂下来。他眉毛轻轻挑高，一脸疑问地看着夏未来。

不难看出人家的教养吧，和人对话的时候，目光专注地直视对方。

啊？所以刚才，自己，是真的，踏出搭讪的，第一步了？

夏未来歪着头，呆愣地看着自己刚戳完南森后背还没有收回来的手指。

本来与自己毫无交集的人，被她刚才狗胆包天地戳了一下后背，再说一声"你好"就回过头了，并且成功对上了话。

原来，男神的声音也这么低沉性感有魅力啊。夏未来脑子里的花痴小人又出来感叹。

夏未来看到倒映在他眼睛里的那个人微扬起嘴角，下一秒她听到自己的声音说："那个，请问下，你是准备要点拿铁吗？"

音色清亮有甜度，声线稳定没发抖，表现满分，一分不扣就是为了让自己骄傲的。夏未来握紧了手里的手机。

"嗯。"南森颔首。

"那，我们能拼单吗？"夏未来立马抛出刚刚在心里排练了好多遍的台词，"今天刚好有优惠哪，拿铁第二杯半价。"说完还指了一下收银台旁边标着"今日优惠"的牌子。

南森顺着夏未来指的方向看了眼，又回头瞄了她一下，其实拼单也是举手之劳的事情。于是他点了点头，重新回过身子。

耶！长得好的人，心地就是善良。

得到回应的夏未来立马跳出了队伍，乖乖等在自己男神旁边。

果然，等南森开始点单之后，店员脸上的笑容又真诚了很多。看脸的社会，脸赞的人就是有优势，连带着身边的人也会多多少少受到点影响。隐隐察觉到了来自后面女生不屑的视线，夏未来挺起了自己的小胸板，一脸神气！

作为一个骄傲的美少女，关键时候不能尿！

人有多大胆，地有多大产。现在男神身边的女人是我！

从南森手里接过咖啡，夏未来又趁机近距离用眼光调戏了一下他的手指，修长白皙骨节分明，赞赞哒，没有拉低男神的外表。

"你的咖啡肯定比我买的要浓一些，所以我才机智地想和你拼单。"

南森看着面前这位眼神乱飞，显然有些心虚的女生，也没有拆穿她，顺着她的意思又"哦"了一声。

被男神这么近这么认真地看着，夏未来觉得自己的脸有些发烫，她移开视线，努力让自己的声音理直气壮一些："那，你有微信吗？我没零钱，只能微信红包给你。"

铺垫了这么久，这个才是关键地方！虽然夏未来有生之年从来没有搭过讪，但是看看，什么叫作天赋异禀自带技能。如此正直且不要脸地索要微信，却偏偏这么承上启下自然不违和地被她提出来，丝毫不给人拒绝的余地。她也被这么不要脸的自己给惊呆了。

可是——

"算了。"说完，大方有礼貌的 BOY 就这么迈开长腿，自顾自地推开咖啡店的玻璃门，潇洒离开，留下碎了一地玻璃心的夏未来举着尔康手目送。

夏未来看了一眼原本想拿出来输入男神微信号的手机，只觉悲伤逆流成河，整个人都不好了。自己完美导演了开头，可就是没猜到结局会变成这样。

男主角不按剧本走，中途耍大牌离开片场，怎么办？急，在线等啊！

她狠狠地灌了一口咖啡，打开手机上的独眼怪图标，确定自己切换的是平时拿来追星卖蠢的小号之后，放心地编辑了一条微博发送出去。

来来我是一颗菠萝："在咖啡店偶遇我男神，大着胆子上去搭话，问男神是不是要买拿铁，今天第二杯半价，我能一起拼单吗？男神答应了。我又机智地问男神有没有微信，因为我没有零钱，只能微信发红包。手机都准备好加男神微信了呀！但是，男神高冷地表示请我喝，然后就离开了！啊啊啊，谁让你请客啦，我只是想加个微信而已啊！"

短短 140 字内，说清楚了事情的起因经过结果，最后还抒发了感情。

简直不能更完美！

确认发送成功后，她把手机装进兜里，也推门离开了。

嗯，今天起得这么早，可以顺便去班级里围观一下早自习的小鲜肉。

是的，夏未来是一名刚上任没多久的高中英语老师。其实之前根本没有考虑过以后工作当老师。在大学的时候，她还对自己室友开玩笑说，一想到以后是你们这帮经常挂科的学渣在当园丁教育孩子，我就不想把自己家小孩往学校里送。

那时候的她怎么也不会料到，现在自己这个学渣也在误人子弟了。每次面对这个事实，夏未来都会下意识地捂住脸，生怕自己还算有点姿色的脸蛋儿被打肿。说来惭愧，她最后是被自家太后用"老师一年有三个月长假"的理由给动摇的。

夏未来刚进校就被教导主任派了一个班主任的工作，起初她深感荣幸，学校居然这么信任她。后来才知道，其实在她们学校，大家都躲着这个职务的。跟普通任课老师相比，班主任工资没涨多少，要做的事情倒是有一大堆。

别的课堂上学生不听话啦，找班主任。天气变冷，家长担心自己孩子没加衣服啦，打电话让班主任帮着提醒。早自习没有老师坐班，班主任去。谁谁校牌没戴，扣了班级德育分，扣班主任奖金。

但是一个班四十多位学生，心里最亲近的老师就是班主任，接触的时间也最多。

所以班主任，也算是对学生言传身教。于是，夏未来在学校里努力讲文明讲礼貌，团结友爱和睦善良，把自己过得跟中学生日常规范守则上说的一模一样，就怕一个不小心给那群未成年人树立了错误的价值观。

回荡着朗朗读书声的市一中。

夏未来站在高一7班的讲台上，窗明几净，外面的阳光透进玻璃窗，让整间教室更加亮堂。她面带母性光辉地朝刚进班级向她点头问好的学生微笑了一下，内心无数次感慨，年轻就是胶原蛋白啊。

当老师不仅仅是夏妈妈说的一年三个月长假的好处啊，起码可以有好多青葱欲滴活泼可爱的小帅哥小美女给她欣赏，让她觉得世界都清新纯真起来。

讲真，小鲜肉们，也是支撑夏未来经常来坐镇早自习的主要动力。

啊啊啊，体育委员今天早上是去打球了吗，汗湿的刘海搭在额头上也好性感！

文娱委员真是个时尚的软妹子，每天都能把校服穿出新花样来。

班草今天又迟到了呀，不能欣赏他的美貌不开心。必须罚他写一万字的认错书过来，没有他的早自习一点动力都没有。

听说齐乐晗桌子上的真果粒是陆安灏送的。这一对真是的，每天都要虐狗！

嗯？陈大力为什么要瞪着我？是在嫌弃我最近没等他出门吗？

夏未来正准备在心里探索一下陈大力小弟弟为什么不开心，正巧放在兜里的电话响了。她拿出手机，看到屏幕上显示的"贱宋"两字，心想对方一定是被早上的照片给惊艳到了！

她走出了班级靠在走廊上，愉快地接起来。

"来来啊！"电话那头传来了兴奋的女声。

这么亢奋有力的女高音一定不是贱宋！

"你的微博被大 V 们集体转发啦！差不多全国人民都已经知道你勾搭男神未遂啦！"

夏未来瞪大了眼睛："纳尼！"意识到身边都是学生来往，又压低了声音，"你这是在逗我吗？我只是发一条微博吐槽而已！"

"你自己上微博看看吧。我去机房上课啦！拜拜。"

夏未来站在原地，又立马点开了微博客户端，只是消息提示太多，手机卡得白屏闪退了。

再一次登录进去的时候，她看到自己早上发的微博已经被转发了一万多次，阅读量已经达到几千万，还在继续增长中。

八卦娱乐小王子 V："大写的心机，可惜男神不配合。"

娱八婆 V："教科书版的搭讪技巧，除了结局不完美之外。"

然后就没然后了 V："随手转发，心疼原 po。"

……

真的是全国人民都关注了她一出手就夭折的撩弟技巧吗？好羞涩啊。幸好当初这个常用的小号不和现实中认识的人互粉。

然而，现在小号也在刚才涨了几千个粉，远远超过自己大号的粉丝数。

夏未来顺手转发了一个大 V 的微博。

来来我是一颗菠萝："求别转，我还要脸啊，让我安安静静做个被拒绝的美少女好吗？"

然后，她关闭了消息提醒，继续去欣赏小鲜肉去了。

Chapter.2 —

我的老大今天好像有点
不正常

　　南森和技术部的组员开完研讨会，刚回到办公室坐下来，就听到门
被推开。一个高大威猛的汉子躲在门后只露出个头，红着双眼睛，看上
去可怜巴巴地朝门里看。

　　"老大……"喊得情真意切，一波三折，余音缭绕。

　　在公司里，不，是在南森的办公室里，这是三天两头必定会上演的
戏码。要不是这出戏实在拿不出手，南森都打算让金杯代表技术部出演
每年年会的节目了。

　　威猛汉纸叫作金杯，是南森大学时候的室友。因为身形壮似大猩猩，
江湖人称"猩哥"。猩哥有个颇为传奇的人生。因为家里开工厂，他从
小就立志做个混吃等死的富二代。高中的时候，他见工厂经营不善怕是
会倒闭，立马见风使舵努力学习考上了大学。本来都计划好毕业找工作，

存钱买房，和普通上班族一样，没想到家里的破厂碰上拆迁，得了几个亿的拆迁款，也算圆了金杯的儿时梦。不过毕业后，金杯却挺有追求地跟着南森一起创业，开了现在这家在省内已经小有名气的 IT 公司。

南森重新把目光投到自己面前的电脑屏幕上，从猩哥现在还红着的眼睛和刚才谄媚的语气中，默默计算着今天又要被迫听多少耳朵的安利。认识猩哥之后，总感觉人生有时候会有一些沉重。

他叹了一口气，妥协地说："进来吧。"

都说男儿有泪不轻弹，只因未到伤心处。南森想，这句话放在金杯身上绝对不适用。

第一次看到猩哥哭是大一的时候。

那天早上，南森他们都醒了之后，发现猩哥的被窝里传出了抽泣声。寝室其他三人有些惊慌失措，以为猩哥是遇到了什么人生难题家庭困境。几人商议了一会儿，终于由南森代表，上去慰问。

南森坐在猩哥床边，想了半天也不知道怎么开口。其实他心里也有些为难，毕竟自己从来没有安慰过人。过了好久，他隔着被子拍了拍猩哥的肩膀："有事就说，能帮的一定帮。"话音刚落，被子里的抽噎就突然变成难以自抑的哭声。

这得是发生多大的事情，才能让一个一米八的铁血真汉子哭成这样啊！

　　南森一把扯开被子，看到猩哥缩成一团，整张脸已经憋得通红。床头还有一大堆纸巾，看来是哭了好长一段时间。他不自觉地想了下自己卡里有多少钱，万一出了什么大事，需要急用钱的话，也能先给猩哥应应急。

　　"是家里有什么事吗？"寝室老四施誉在旁边问猩哥。

　　猩哥摇了摇头。

　　"写的代码被老师毙了？"

　　猩哥继续摇头。

　　"和人告白被拒绝了？"

　　猩哥哭得更厉害了。

　　看到其他两个人一直在绞尽脑汁猜的各种原因，都被猩哥流着泪否定了。南森不似之前那么紧张，只是觉得事情可能有些不简单。他皱着眉，一把拉起了在床上一脸生无可恋的猩哥："到底什么事，说吧！"

　　猩哥用手背擦了眼泪，红着双眼和南森对视，下一秒又流下了泪。他哑着嗓子："老大啊，他们好惨啊！"像是情绪得到了突破口，他号啕大哭了起来。

　　"男女主角好惨啊！为什么两个相爱的人要活得这么艰难啊？女配太坏了，让女主打掉了孩子，还逼她离开男主。男主开着车去机场想挽留女主，路上又出了车祸。男主醒过来就不记得女主了……"

　　断断续续地说完，猩哥又闭着眼睛张着嘴，坐在床上哭得很认真。

南森原本僵直的脊梁微乎其微地放松了一些，他无奈地叹出一口气，果然是不能对猩哥抱着太认真的想法。

寝室其他两个人满脸的"我真是哔了狗"："所以，你哭得这么伤心，是因为看了一本小说？"

猩哥边打嗝边点头。昨天晚上看到网上推荐一篇很好看的小说，他点进去之后，一发不可收拾，熬了通宵才看完。而且故事从中间就开始虐主角，最后还是以悲剧结尾，让情感丰富细腻多情的猩哥悲从中来。

知道了原因，南森起身准备离开，自己等下还要去实验室跟着导师模拟程序。却不料被猩哥抓住了右手，猩哥收住了哭声，噙着泪水扭头问他："能给我倒点水吗？口干。"

能不行吗？手都被你抓着呢。

南森接过施誉倒的水，递给还在呜咽着酝酿感情的猩哥："喝。"

"哦，谢谢啊。"猩哥礼貌地道了谢，喝了几口润润嗓子还给了他，作势接着哭。

南森见状，立马又递杯子："继续喝。"然后趁着猩哥喝水的工夫，把自己的右手拿了回来，双手抱胸，不想给猩哥再握着他手不放的机会。

猩哥又乖乖喝了几口，把杯子还给南森。

南森没有接，双手依旧交叉在胸前，一副老神在在的样子："喝完啊。"

"能不能别打断我的感情！都哭不出来了！"猩哥暴躁地把杯子里剩下的水一口闷完，把杯子塞给在旁边全程围观的寝室老二。

"老大，我跟你说……"接下来，猩哥以这句话为开头，擦了下泪花，可能觉得握手有些困难，于是就拽着南森的衣角，然后用他所剩无几的成语描述着主角们虐恋情深赚足他眼泪的故事。

南森在猩哥三维立体环绕的背景音下，看到另外两个室友默默撤出寝室之后，全程冷漠脸地"哦"，企图用高冷的姿态阻止猩哥的倾诉欲望。然而，猩哥只需要点回应就满足，继续口水四溅地 blablabla，直到室友帮他带回早饭，他才怅然若失地结束整个故事。

从此之后，猩哥开启了言情小说生涯，以及向周边人复述故事的能力。也让同寝室的其他三人认识到看了小说就切换成红眼模式的猩哥有多烦人。

"老大，我昨天又看了一本让我很感动的小说。"此时，猩哥眨着一双红彤彤的兔子眼，坐在离南森办公桌不远的沙发上。作为公司管理层之一，他一直对同事们保持着自己严肃正经的形象。爱看小说的习惯从来不告诉别人，偏偏他很喜欢和别人分享读后感，所以每次一有倾诉欲望就只能来找南森。

南森本来很不喜欢有人在他耳边唠叨，然而从大一那次开始，被猩哥红着眼睛死皮赖脸地从寝室追到教室再追到图书馆地磨了四年，也不得不习惯。

有时候，人的底线连自己都不知道在哪里。

猩哥拿出手机，准备在自己的微博上找找那本小说的名字。他看小说的时候都没怎么注意标题，现在想告诉老大自己看了什么小说都不知道。不过才点开微博就看到一条首页推荐。

南森做好了足够的心理准备，反正早晚都是要听的。

"哈哈哈哈哈哈哈哈哈哈哈……"猩哥突然发出一串震天动地的笑声。

南森依靠在椅子上，单手托腮，无奈地看着猩哥揉着肚子笑倒在沙发上，并不想知道他到底在笑些什么。

因为，猩哥的笑点也特别低。

"老大，我看到一条微博，博主说今天她在咖啡店遇到自己的男神，鼓足勇气和人拼了第二杯半价的拿铁，然后找借口想加男神的微信，但是被那个人给拒绝了。哈哈哈哈哈哈……心疼博主。押一百块钱，她的男神，不是单身就是瞎。"猩哥低着头，专注地转发微博，错过南森脸上的若有所思。

南森的目光看向电脑，却没有落点，脑海里忽然想起早上在咖啡店碰见的夏未来。

似乎她和在自己公司上班的年轻女性不一样，及肩长发，简单的白T恤加牛仔裤，斜挎着一个文艺布袋，看起来像是一个颇有活力的学生妹，只是那双让人轻易感知情绪的眼睛异常透彻明亮，看一眼就印象深刻。

他从小被人注视惯了，对镜头也有些敏感。所以，在她站在店外拍自己的时候，他就已经发觉。

想起夏未来双眼直视自己，假装镇定地问自己有没有微信的样子，南森脸上的表情柔和了下来。

该不会就这么巧吧?

"哇呜，老大，博主的资料上，地址也是我们这座城市啊。"猩哥八卦地点进了夏未来的微博主页。

南森收回目光，登录网页版微博，首页上刚好出现猩哥转发的那条。

他顺着猩哥的微博，点进"来来我是一颗菠萝"的微博主页，移动鼠标，扫了一眼博主以前的微博。多数都是转发的一些明星动态，类似"队长的眼神苏爆了，痴汉笑……"，还有锦鲤大王求如愿，什么"用24年的人品求这次能抢到周边"。有些原创微博写的是一些聊天记录，和日常活动，不过大多也都是关于追星内容。

"老大，你居然也在看菠萝的微博啊。"猩哥不知道什么时候凑过来蹲在旁边，对自家老大居然自觉参与八卦这件事情表示相当震惊。惊讶过后，他立马又珍惜这一来之不易的机会，高兴地和自家老大一起浏览。

"咦，这个菠萝这一个月一直在转发锦鲤大王，说求再遇见咖啡店男神，应该就是今天说的那个男生吧。"猩哥已经自来熟地用起了评论下的其他人给 po 主取的昵称"菠萝"。

南森看到博主上个月的一条微博上写："跟贱宋说自己在咖啡店遇到了一个帅我一脸的男神，她不信。哼，下次一定要拍到男神照片！"

他想了下自己一个月前也有去过那家咖啡店买过一次咖啡，看来应该是早上那个女生吧。在店外拍了照片之后，她站在原地还盯着手机傻呵呵地笑了一会儿。

南森转头看右手边趴在桌子上神情专注的猩哥，沉着声音问："程序都写完了？"

　　似乎只要猩哥说写完了，就再安排点事情给他。

　　猩哥平时不怎么灵光的天线意外地 get 到了自家老大的潜台词，立马逃回了自己的办公室。他整个人瘫软在椅子上，轻轻拍了拍自己的胸脯。真是吓死宝宝了，还好逃得快，再待下去又得通宵加班了。

　　南森打发了猩哥离开，又重新看向电脑，鬼使神差地按下了关注。

　　应该是，感谢她，转移了猩哥的注意力吧。

　　金杯安抚好了自己的小心脏，他打开电脑又重新找到"来来我是一颗菠萝"的微博，准备继续分析下博主的花痴日常。随意瞄了眼首页左侧的资料区，他突然瞪大了原本不算大的眼睛。

　　我！看！到！了！什！么！

　　老大！你难道不知道微博有一个东西叫作"我关注的人也关注她"吗！为什么你的头像会孤零零地显示在这栏里面。

　　难道老大也被博主的花样搭讪方法给震撼到了？

　　我的老大今天好像有点不正常。

Chapter.3 ——

心哪，我还以为，你忘记
跳了

　　夏未来大概是因为早上成功和男神搭话了的原因，精神有些小亢奋。以至于给学生上课的时候，语速也不自觉地加快，所以本来差不多一节课的校对试卷时间，硬生生被自己提早结束了。看了眼时间，她干脆让大家自由安排剩余的十分钟，一时之间教室里有些嘈杂。而她自己走下讲台，沿着教室四处转悠，偶尔会被学生拦着问他们还没有弄懂的题目，一副打破砂锅问到底的好学模样。

　　当夏未来巡视到教室后头的时候，就看到学生姜欣彤趴在桌子上看手机。她的桌子上，教科书垒成高高的书堆样。大概以为这样可以阻挡老师从黑板前投来的视线。但她并没有及时更新夏未来在教室里的实时地理位置。所以还没发现，夏未来已经绕了大半圈教室，此时就站在她斜后方，距离近得能让夏未来看到手机页面上是市一中的校园论坛。

对此，夏未来决定把平时和她偶尔一起谈论电视剧情的友谊先放在一边。她走上前，拍了一下姜欣彤的肩膀。正准备说话的时候，就打量到手机里的某个熟悉的身影！

等等！她好像看到了咖啡店男神！

虽然只是惊鸿一瞥，但是，早上才经过跌宕起伏的搭讪剧情，现在仍然心潮澎湃，化成灰她也认得男神！这是一个脑残粉在这么多年兢兢业业的追星历史长河中培养出来的眼力和判断力！

然而，姜欣彤小朋友受到了外部惊吓，直接就把手机给锁屏了。

什么时候人会觉得自己有些讨厌呢？大概是在某个时刻会成为自己以前也讨厌的那种人吧。

于是，在下课铃声的伴奏下，姜欣彤的手机在她没有一丝丝防备的情况下被没收了。

夏未来觉得自己简直就是在神还原多年前班主任没收自己手机的行为。嗯，一样被人讨厌。

但，学生在课上玩手机，老师总觉得是自己的威严在被挑衅！

夏未来无视来自身后欲哭无泪的眼神，施施然地抱着教材走出了班级。她顺着下课的人流，回到了隔壁楼的教师办公室。

此时办公室里就她一人。回想起刚才在手机里瞄到的图片，夏未来探头看了下窗外的走廊，确认外面空无一人，放心地坐回位子上登录了校园论坛。

　　这个论坛听说还是十多年前市一中自己学生做的，所以比起别人玩学校贴吧，一中的师生们总带着一种自豪感在自家论坛里灌水。

　　她开着马甲在八卦灌水区寻找关于男神的消息。其实也不用刻意去寻找，首页飘红的一张热门贴，已经有八十多页回复，一看就知道是和男神有关系！女人的第六感啊。

　　《明明可以靠脸吃饭，男神偏偏任性地喜欢用才华说话！》

　　帖子里的照片全是那位咖啡店男神，穿着西服和白衬衫，打着领带，头发全都往后梳，露出了整个额头，一副禁欲男神的 feel，显得精神又干练。他站在演讲台上，似乎在某个报告厅里做演讲。时而用手比画着什么，时而目光落在别的地方思考着什么，或者是因为对着话筒讲话的关系，略弓着身子，总之，不管照片上是哪个角度，哪个姿势，连头发丝都帅得熠熠生辉。

　　楼主说，自己跟着老爸去参加 N 大的计算机系科研成果报告会议。本来整个大会的学术气氛枯燥得让人昏昏欲睡，结果会议快接近尾声的时候，男神作为荣誉校友及计算机行业优秀企业家的身份，被邀请回校给直系师弟师妹们做关于 IT 行业的实例项目及前景发展演说，一下子整个大厅都是一片鼎沸之态。

　　哦，对了，男神的名字叫南森！

　　天哪，南森这个名字真不是谐音"男神"吗？名字帅得那么简单粗暴有个性！

夏未来看到这里，发现自己喜欢的男生如此有格调，还是高富帅！

"屏幕脏啦，我要舔舔！"夏未来的脑袋还没有清醒，自己的手指就按捺不住地发出去一条回复！

她仔细地右键保存了第一页所有的照片，又礼节性地回复了"跪谢楼主小天使，福利好赞么么哒"之后，打算关掉网页，去食堂吃饭。突然瞥到了最底下的一条楼主留言——

"前方高能预警！别说楼主没提醒！大家一定要捂好自己的小心脏！没有承受能力的不要看，看了可能一辈子都找不到男朋友！"

夏未来扁了下嘴，这是在故弄什么玄虚！再这么拉住我前进的脚步，食堂里的菜都要被打光了！然而，口嫌体正直的夏未来还是耐不住好奇地翻了页。接着，她就傻愣在了原地。

楼主放了两张照片。

第一张，是南森离开晚会走出礼堂时，楼主在他身后拍的。

画面上，他单手插兜，似乎是走入了夜色中，快被黑暗包围，只给身后人留下一个轮廓挺拔的剪影。整张照片有一种拒人于千里之外的孤傲。

而第二张是倒回演讲的时候。南森已经从台上回到自己的席位。大概是身后有人叫他，于是回了头。因为楼主抓拍的时机刚好，镜头和他的视线正对上，背景也被楼主后期虚化。看起来好像是南森在千万人中刚好与自己对视。他的眼睛深邃有魔力，好似漩涡一般，能把人的全副身心都吸进去。

夏未来盯着照片中男神的眼睛，和早上他用这双琉璃色的眼珠专注地看着自己的模样重叠，连那时候他眼睛里的深不可测也慢慢清楚起来。

世界忽然变得安静下来，书本被微风吹得哗哗作响的声音都再也听不见。

她缓缓地伸出手，捂住自己的左胸口。

扑通！扑通！扑通！

还好。

心哪，我还以为，你忘记跳了。

如果不是同事伍声打来的电话，夏未来觉得自己可以盯着照片痴汉一中午。要是按照秀色可餐的说法，那看南森的脸大概比某国际大品牌的燕麦牛奶还顶饿！

夏未来哼着歌，步履轻快地往食堂的方向走去。此时已经是中午放学时刻。校园的林荫道上都是往食堂赶的学生。夏未来听到走在身边的学生，三三两两凑在一起，有些谈论着杂志上的球鞋，有些互相安利电视剧……

好想回到自己的那个中二、矫情、青涩却天真的年代啊。

夏未来用这个慢悠悠的速度晃到食堂，打菜窗口已经人满为患。

市一中的教师食堂其实就是从食堂大厅里隔出了几个大包厢给老师。因为今年学校每个年级都扩招了两个班，于是跟着也专门开辟了两个打菜窗口给老师们专用。

　　她拿起旁边的餐盘准备点菜，就感觉背后的衣领被人用力拽了一下。回过头，是伍声。

　　"嘿，伍声声同学。"夏未来举起爪子，讨好地冲他笑了一声。

　　伸手不打笑脸人嘛。难怪刚才总觉得忘记了什么，自己好像是答应和伍声一起吃午饭的。

　　伍声是和夏未来同一批进校的老师，两人教同一个班，于是关系就更熟络一些。

　　大概，不只是一点，毕竟学生之间一直流传着关于她和伍声之间的绯闻。

　　伍声嫌弃地看了夏未来一眼，抢过她手里的餐盘，放回原位，然后提溜着夏未来的衣领带着她往包厢里走去。全程动作行云流水，煞是好看。

　　"没带耳朵啊？我在里面叫你这么多声，你都没听见。给你打好菜了，进去吧。"

　　"嘿嘿，这不是得让你亲自来邀请我吗。"夏未来随口胡诌了个借口。在办公室那会儿接到伍声电话，脑子里满满当当全是男神，根本就是随便应几声的好吗！

　　周围大厅里的学生看到cos拎小鸡造型的两位老师，完全没心思好好吃饭，虽然嘴巴在动，但明显咀嚼频率都下降了。

夏未来坐在对面，一接过伍声提前烫过水的筷子，就夹了一筷子的酸辣土豆丝。小伙伴好贴心，桌上的菜全是她喜欢吃的。

当初和她不熟的伍声，特别有性格，那时候的夏未来有些怕他。除了文科生对化学老师的习惯性敬畏之外，伍声说话犀利，动不动就斜眼看人，一副"你们全是智障"的挑剔模样。大概别人和他每说三句就能被噎一次的那种，让她觉得自己和伍声相处不来。

后来熟了之后，夏未来知道伍声对朋友是全心全意的好，虽然有时候有些小别扭。

她看到伍声旁边的保温盒，眼睛又是一亮。

每次伍声要带自己做的菜，都用这个保温盒装过来。他如果不想教化学的话，在厨师届也一定混得风生水起。

盖子一开，糖醋排骨的香味就飘出来了。

旁边桌的老师也闻到了香味，语气暧昧地说："伍老师又给夏老师做好吃的了啊？"

所以是上梁不正下梁歪吗？老师都带头造谣，学生中间关于她和伍声的绯闻才越演越烈？

伍声把保温盒推向夏未来，然后跟那位老师说："对啊。早上想起上周买的排骨再不吃就坏了，所以才带过来让夏老师帮着解决下。你要来一点吗？"

旁边桌的老师摇摇手，继续认真地吃自己的午饭。

伍声就是这样的汉子。明明每次都特地为自己朋友做些什么事情，却总是要别扭地用各种理由掩盖。

夏未来心里明白，所以也没当真，美食面前他说什么都对："伍大厨，你简直就是一个小天使！"

然而这种糖衣炸弹在之前已经用过太多次，伍老师一点都不买账："能不能矜持点啊夏未来，刚才的架子呢？"

夏未来啃着排骨含混不清地回嘴："所有的高冷在糖醋排骨面前不值一提啊伍声声。"

伍声撇开头不再理她满口东西的仓鼠模样，这种豪放不羁的吃相真的不想说自己认识她。不过鄙视归鄙视，他还是往对面的碗里夹了几块她爱吃的糖醋排骨。

"你刚在办公室里干什么呢？"等她咽下嘴里的东西之后，伍声开口提问，"早上三四节你不是没课吗？"

吃饭不积极，思想有问题。这句话是之前夏未来一直放在嘴边的。

夏未来想起手机里的照片，面露犹瑟。把男神照片保存在相册之后，好像自己手机都在发光呢！她调出照片，用衣袖擦了擦屏幕，摆在伍声面前："噔噔噔噔，我早上遇到的男神！"然后咬着筷子，双手抱胸挺直腰板，准备等伍声求问之后就大发慈悲地告诉他。

"这不是南森吗？"说着，伍声还放大了照片，准备接着聊。不过看到对面凑过来一双满是疑问的眼睛，立马咽下了快到嘴边的话，学着夏未来刚刚的样子说，"求我啊。"

"求你!"

男神当头,几两面子算什么。

"这么没节操,你学生知道吗?"伍声摇头鄙视了一下夏未来,又继续接着刚才的话题聊,"南森是我高中同一届的校友。"

"高中校友?那不是这个学校的吗?"

市一中是伍声的高中母校,当初夏未来问伍声为什么要来这所学校教书,他还不要脸地说,因为我爱母校爱得深沉。

原来追究起来的话,自己和萍水相逢的男神也算是有点联系。这么想想,心情还是有点小激动呢。

"对啊。那时候他在学校里很出名啊,考试基本都是全校第一。

"有次期中考考差了,是因为发烧去医院,缺考。你也知道我们学校考场顺序一直是按照考试成绩排的。那个学期期末考,他就从第一考场挪到最后那个考场,引得那个考场的学生围观。听说他现在开了个IT公司。哎,我们那个校园论坛就是他做的。"说起这个校友,伍声眼里不自觉地带着佩服的神色,"我们学校不是有个网络技术兴趣小组吗?"

夏未来点了点头,她那个想读计算机专业的表弟一进校就加入了这个兴趣小组。可是,为什么会提到这个?大神之前也是里面的成员吗?

瞬间,市一中的网络技术小组在她的心里,从之前的"陈大力在的那个乱七八糟的小组"的定位一下子变成"有点厉害有点牛的男神曾经在的组织"了。

下一秒伍声证实了夏未来的猜测:"他以前也在这个小组里面。后来上大学了,还听说他被国家信息技术安全研究中心邀请成为编外人员。"

国家级别！这也太酷炫了吧！大神的人生就是拿来给升斗小屁民仰望的。

这样子长得又帅，又有才华，自己开公司的男生谁不喜欢！

夏未来啃着糖醋排骨，眼睛弯成弧线。她看伍声还在翻看南森的照片，也不顾自己的油手，一把抢过手机："哼，不给你看了！我怕再多看几眼，你就爱上我的男神了！"

伍声翻了一个白眼，他的朋友这么会过河拆桥他一点都不奇怪。

"那我高中的时候就崇拜你男神了。花痴粉，麻烦粉男神的时候，在我身后排个队。"

"没想到你是这样子的伍声声！高中就开始觊觎我男神了！"

懒得和夏未来进行小学生之间的斗嘴，伍声直接顺着她的话头，扔下一句"再诽谤，我干脆去掰弯你弟弟"就单方面结束了话题，专心吃饭任她怎么挑衅都不理。

友谊的小船说翻就翻。

晚上留在学校里备完课，夏未来七点多才回到家。

她在玄关换鞋的时候，就听到自家小表弟陈大力从他房间里传出来的喊声："姑姑带着啦啦大爷去楼下跳广场舞了，饭热在锅里自己拿！"

"知道啦！"夏未来也大声地应了一下，走进厨房端出了夏妈妈做的饭菜。

过了一会儿，陈栎走出了房间，坐在夏未来的侧面位子上，也不开口说话，单手托腮就这么静静地注视着她吃饭，想让夏未来自觉发现他的情绪。

然而，看夏未来低头吃饭的专注样子，陈栎故意咳了两声："嗯哼！"

"陈大力，有事儿？"夏未来抬头，难道想吃东西？这么想着，她夹起一块花菜，喂到陈栎的嘴边。

觉得自己姐姐要被抢走的陈栎，本来只是表现出一副不高兴的样子，想表明自己姐姐有可能被人拐走了的立场，另外再问些话的，但既然都送到嘴边了，还是先吃一口吧。

"为什么今天大家在说你和伍老师秀恩爱，还 skin touch 了？"陈栎没有忘记自己的问题，就是嘴里的花菜被夏未来倒了很多醋，酸得他皱着脸，连质问的语气都不太强硬，"你又倒醋了，姑妈做的菜味道淡你自己加盐啊，倒醋有什么用。小心胃酸过多，胃穿孔。"

"咳咳咳咳咳……"毫无防备，听到陈大力前半句话的时候，夏未来就被呛了一口。

这踏马哒又是什么时候造的谣！陈大力，你就不能等我咽下这口汤的时候再说话？

陈栎移近了点椅子，轻拍着姐姐的背，并向她确定了自己的立场："反正我不同意你和伍老师在一起。"

在他眼里，谁都配不上自家姐姐。

他因为父母在外经商的原因，还没记事就被寄养在夏家，打小跟着夏未来的屁股后。很小的时候，大人都不在家，他不知道客厅里的那块蛋糕被放了老鼠药，拿起来就塞嘴里吃。后来难受恶心一直哭，那时候还是小学生的夏未来立马拨了120，要不然现在有没有自己，还是个问题。

"英雄所见略同！你姐姐我也不答应！"

夏未来一直没把学校里的传言当回事，虽然有时候还是会被学生们豪放的脑补能力给震慑住，就比如陈大力刚说的话。

伍声是被她发现看 BL 小说的人好吗！

直男谁会看 BL 小说！所以伍声是个……大家都懂得。于是她一直都是把伍声当成好姐妹呀。

夏未来再次被自己的逻辑能力所折服。有理有据，思路清晰。

只是，这种事情是伍声的隐私，不能跟别人讲明白。

想到这里，自认为"众人皆醉我独醒"的夏未来准备转移话题，不让小表弟一直操心这个问题。

"陈大力，你知不知道你们那个兴趣小组之前有个学长叫南森啊？"

"我偶像啊。"说着，他一脸戒备，"你干吗问起我偶像。"

原来大家都知道南森这个人啊，世界还真小。

"你偶像？"陈大力小朋友在夏未来带的高一7班里就读，今年十七岁，还处在中二病骚年时期。还记得他初三毕业拿回家写的同学录上，写着"我的偶像是自己，因为我是独一无二的。你们也不要去崇拜谁，谁都不如自己强大"。

现在居然大大咧咧说有别人当自己偶像了。

"你不知道南神有多神。我听我们指导老师说。以前有一个女生在网络上直播吃安眠药自杀，然后南神及时锁定了发帖人的 IP 地址，分别入侵当地的电信系统和户籍系统，调出了那人详细的个人信息，并且报警。警察才上门挽救了女生。"

最后，陈栎还提了一句："老师说，哪天可以请南神来学校给我们做次讲座。"

一不小心，又被人科普了男神的厉害之处。

以后就是跟她说南森去拯救地球，她都不会觉得惊讶了。

意识到陈小弟刚才说的某个字眼，夏未来疑惑地问："男神？"

"对啊，在我们小组里，他都被封神了。我们就直接喊南神了。"

听懂是哪两个字，夏未来再次表扬了一下男神爹妈优越的取名能力。

她拿出手机，发了一条别人看起来有些没头没脑的微博——

来来我是一颗菠萝："论爹妈取名能力的重要性！"

因为早上的影响还没有消失，所以没几分钟，下面就多了好多评论。

"每个人的生命里总要遇见一个叫刘洋的人，不管男女老少。"

"你好，我叫洛蕾丝·温蒂妮·X·伊丽莎白·樱雪羽晗·水月灵·紫蝶清殇雪华冰·普林西斯·梦瑶。"

"我们班有个女同学叫作杜蕾丝。总是让人想入翩翩。"

是不是有时候会觉得很神奇？

当知道一个人的存在之后，你会发现和你毫无交集的那个人，从注意到他的那一刻开始，就开始频繁地出现在你的视线中、耳朵里。

就像南森，就像夏未来。

Chapter.4 ——

男神住在你楼下

南森依旧是早上七点在小区边上绕着河堤跑步。

这个小区前几年刚建成，毗邻护城河，绿化面积很大，周边这片全是生活区，离市中心不远，去自己公司上班也方便些。

他原先住自己家，离公司车程一个多小时，平时上下班高峰期碰到堵车的话时间更长。只是因为之前南森父亲经常出长差。所以南森就住家里陪着南妈妈。正好前段时间父亲工作变动，以后直接在市内工程院上班，所以心疼自己儿子的南妈妈就让南森搬出来了。

今天早上，河堤上有些嘈杂。

他前方不远处有一个穿着运动服，绑着高马尾的女人一直被手里牵着的泰迪犬拖得踉踉跄跄，趁着泰迪犬对路边什么感兴趣停下来研究的时候，她弯下腰大口喘着粗气，和狗打商量。没有控制好音量，以至于南森听得一清二楚。

"啦啦大爷，呼呼，你能不能跑慢点！

"叫你鸡血犬，你还真跟打了鸡血一样！

"回去我一定要关你小黑屋，封印你体内的泰迪之力。

"啦啦大爷，你再这么欢脱，我不给你买新衣服了。

"啦啦……啊，你这条死狗！跑慢点啊！"

没说几句话的工夫，泰迪又开始撒开腿欢快地跑着，只不过后面被迫跟着的女人看上去一点都不好，还有些狼狈。

南森听着空气里传来的话，嘴角有些上扬。寡淡的表情一下子生动了许多。不过，这个活泼的声音，有点耳熟，像是之前在哪里听过。

他在脑子里过了一遍，都想不起这个声音的主人，随即摇了摇头，又加快速度向前跑去。经过一人一狗的时候，他还是下意识地往右边看了一眼，总得看一下是不是自己之前见过的人。

哦，是那个在咖啡店里的女人。

在门口拍了照片，和自己拼第二杯，要微信号没成功的，经常出现在自己微博首页的，那个女人。

找出定语修饰完夏未来之后，南森忽然发现，其实他对一面之缘的她，印象竟然有些深刻。

还真是，有缘啊。

夏未来在上次成功拍到男神照片之后，就又回到了往日夜猫子的作息。这一度让夏妈妈难掩失望之情，但是转念一想，这样子的女儿才是正常态。

为了响应习大大提出的年轻人要多锻炼的号召，实在忍不了家里每天睡着一条死猪的夏妈妈终于走进夏未来的房间，把人从床上拉起来，牵到电梯口，在她还不清楚发生了什么事情的时候，往她手里塞了一条牵引绳。

于是，在夏未来清醒过来的时候，她已经被啦啦大爷牵到了小区门口。

"我家老女人一定是羡慕我能睡到自然醒！"

啦啦是夏妈妈朋友送给她的一条泰迪犬，那时候刚好夏未来在外地培训。为了表示自己对小泰迪的欢迎，夏未来还想了很多名字，准备回家之后和家人一起决定以后叫这条狗什么名字。奈何回来之后，她就被告知小泰迪已经被取名了，叫作"拉拉"。

女同性恋的别称好像就叫作拉拉。

这条狗是男的，你还想让它做蕾丝？

关键是，太后，为什么自己家狗的名字是你广场舞跳《凤凰传奇》的老姐妹们帮忙取的！

但那时候，泰迪犬早就习惯了它的名字。别人一叫拉拉，它就循声跑去，不知道多乖巧！

回来得太迟的夏未来，悲悯地看着无知是福的狗狗，长叹一声。你不知道自己错过了什么。

　　为了避开歧义，夏未来只好忍痛放弃了自己取的"赖皮、腊肠、火腿、排骨"等名字，把"拉拉"改成"啦啦"。

　　好歹大家不会想到蕾丝边吧。

　　啦啦不愧是经常跟着夏妈妈跑步爬山做运动的夏家健身二把手。刚出小区，它就熟门熟路地直奔河堤，完全不顾夏未来废五渣的体力，全速往前跑。时不时还跑到河堤两边，去绿化带上翻滚一下。

　　啦啦，你这么活泼可爱会失去我的。

　　求你在享受速度的时候，回头看一眼你可怜的主人好吗？

　　趁啦啦停下来撒尿做记号的时候，夏未来也不管从自己身边经过的其他人，会不会用异样的眼神围观自己。她抱着路灯柱子，虚弱地靠在上面，内心泪流满面。

　　上一秒还在被窝里做着美梦，下一刻就落到这副任狗宰割的地步。

　　她不是老虎，也没有落在平阳，就被犬欺了吗？

　　马尾已经乱得不成样子，几缕碎发贴着汗湿的脸颊，弄得夏未来脸有些痒。她把牵引手环套在了手腕上，准备重新扎一下头发。但是下一秒，标记完毕的啦啦大爷又开始速度七十迈地奔跑了，没有准备好的她差点摔一跤。

　　这次，啦啦大爷不再是东一下西一下地乱跑，明显是想要跟上前面穿黑色阿迪运动服的男人。一边跑，一边还冲着前面的男人汪两声，也不知道它是看上了前面那人的什么东西。

"喂喂喂，你想怎样，能不能不要跑得这么拼。"夏未来索性拿下皮筋，散着头发。她一手捂着肚子，一手使劲想要拉住啦啦。

"你是不是眼睛有问题，你是公的啊，前面是个男人！男人！

"啦啦同学，我开始怀疑你的性向了。

"你要追男人，也找个跑得慢点的男……"

咦，为什么觉得前面的后脑勺长得如此眼熟！

随着啦啦越跑越近也越来越慢，夏未来终于有时间仔细看了眼前面的男人，却发现这个人的身形似乎有点熟悉。

好像……是……南森！

所以，南森，大早上，在小区附近，跑步？

那是不是说，他就住在附近，甚至是和自己同一个小区？

这让夏未来瞬间忘记自己所有的疲惫，全身心都荡漾在这个结论里面。人海茫茫中，她能遇见南森，并且和他住在一个小区。这不就是言情小说中，作者安排的套路了吗？

但是，既然刚才男神一直在附近的话，那么，她被狗拖着跑的死样全落在男神的眼里了？

还没有在"和男神冥冥之中有缘分"的喜悦中沉浸太久，夏未来就被这一事实打击得失魂落魄。她绝望地闭上眼睛，苍天哪，我是造了什么孽。

夏未来对自家狗一连串的抱怨还是有点影响力的，那就是南森不动声色地放慢了自己的节奏。

　　他原本还没发觉身后的一人一狗是跟着自己跑的，直到听见夏未来气喘吁吁地控诉，才明白过来前后，这才放慢了脚步。

　　注意着后面越来越清晰的脚步声，他都不知道自己本就俊秀隽逸的脸上此时多了柔和的表情。

　　她和小狗的对话，有些让人啼笑皆非。

　　不多会儿，脚边多了一个棕色的小身影。

　　南森看着埋头苦跑的小泰迪，轻笑了一声，然后又抬头对上了夏未来的视线。他还没有收敛表情，和夏未来礼貌性地点了下头。

　　嗷嗷嗷，男神主动对我打招呼！男神还笑了，好感人，世界都明亮了不少。

　　啦啦大爷，肉骨头、玩具、新衣服、女朋友，你想要什么都给你！亏谁都不能亏你这位有眼力见的狗界红娘。

　　夏未来的嘴角被吊得老高，心情现下一片舒朗。

　　早起的感觉是这样的。

　　阳光是和煦的，风是温柔的，空气是清新的，树木的味道是淡雅的……男神是帅气的。

　　天知道，跑得全身汗流浃背的人，为什么会被迷惑成这样。

　　"早上好。"虽然被男神看到自己不美观的样子，但夏未来还是把羞耻心暂时抛到脑后，不放过这种搭话的机会，"我家狗看起来很喜欢你，一直想跟着你跑。"

"没关系。它很可爱。"

男神，我也很喜欢你啊，我可爱吗？

夏未来克制着没有把这句话问出口。

啦啦，回去就给你买贵一档的狗粮，毕竟你得到了男神的一句称赞，身价又涨了！

"你是住在附近吗？"

南森点头。

"或许，是……曲院风荷？"

"对。"

"好巧啊，我也是住那里的。"

夏未来惊喜地望向南森。因为运动的关系，两颊染上了红晕，被汗水打湿的刘海贴在额头上，在南森眼里看起来异常乖巧可爱。

"是好巧。"南森心里默默认同，然后又开了口："我才搬过来。"

怪不得才看到他。好吧，其实要不是被太后赶下来，今天也许还见不到男神。

"哦。这边小区都很好，去哪儿都方便。"因为一边跑步一边说话，夏未来的气息越来越不稳。南森注意到夏未来轻飘的呼吸声，突然脚下一改方向，往小区回，自然啦啦大爷也跟着他往回跑。

夏未来看着跟在南森旁边吭哧吭哧打了鸡血一样的啦啦，再次庆幸自己今天带着它出来跑步。要不然，她怎么可能这么名正言顺地跟在南森身后跑？

四下无言。

夏未来想找些话题聊，让男神加深点对自己的印象，但是彼此还不熟悉，也真心找不到什么话，只能时刻准备着和南森道别，顺便最好是知道他住在哪一栋。

哪知道，两个人一只狗一进小区，就目标一致地往南四栋走去。

她确定男神没有把她送回家的意思！真的！

夏未来也不知道自己的小心脏为什么跳得那么厉害。

可能是，她时刻准备着。如果一发现男神有"你怎么一直跟着我"的苗头，她一定立马举起三根手指对天发誓，我是这栋楼的人。

"你也住这栋啊？"等两人都停在一楼大厅的电梯前，夏未来总算问出了这个，差不多已经知道了正确答案的问题。

老天这么厚待我，我真是受宠若惊啊。

她的目光一直围着南森打转的啦啦转悠，暗自安抚了下体内躁动不安的所有神经。

果不其然，南森用鼻腔发出一个"嗯"的音节，酥得让夏未来差点鸡皮疙瘩起一身。

男神居然是我邻居！

就这一句话，放在文学网站上，是个作者都能写出一个言情向的大长篇!

　　他帮忙挡住电梯门，让听到他回答之后就变得神情恍惚的夏未来，带着啦啦先进了电梯，然后自己也跟着进来。

　　南森按下了 11 层的按钮。在听到夏未来说出"我住你楼上啊"之后，刚准备放下的手又按了一下 12 层。

　　咖啡店遇到的陌生人，后来发现了她的微博，再到大家是上下层邻居。这种概率小得不能再小的事情，居然被他碰到了。

　　想到她之前发的那些关于自己的微博，南森大概明白她为什么是这种状态。

　　眼神变得有些不一样，似乎有点笃定下一条"来来我是一颗菠萝"会发微博内容了。

　　不过，说到微博，他不得不重新闪过夏未来连续一个多月都在转发锦鲤，不由得生出一个戏谑的想法：这么看来，转发锦鲤还是有点用的。

　　"谢谢。"夏未来使劲压住自己往上翘的嘴角。

　　夏未来，管理好自己的表情，不要高兴得太明显。

　　回到家，夏未来唱着歌，手舞足蹈地替啦啦大功臣松了牵引绳，在夏妈妈异样的眼神中拿出昨天刚买的进口牛奶，直接打开口子喂它，还用另一只手轻轻摸着啦啦大爷的狗头。

　　"嘿嘿嘿，啦啦大爷你真棒。MUA……"隔空送了啦啦一个吻。

　　她拿出手机，又登录了小号发了一条微博。

　　来来我是一颗菠萝："1. 前段时间的锦鲤大王 buff 还没消失，我早上又遇到男神了。2. 啦啦大爷是神助攻，一路跟着男神不放松。3. 借着啦啦大爷，和男神又搭话了！男神还对我笑了！ 4. 男神住我楼下。"

　　过了一会儿，微信的提示音就响起来了。这种时候，肯定是爱八卦的小伙伴宋瑾。

　　宋瑾："你今天又遇见你男神了？"

　　宋瑾："所以你这么早，是去跑步了？"

　　宋瑾："男神住在你楼下？"

　　夏未来："对啊，就是这么巧！"

　　宋瑾："那四舍五入，你和男神不就是住在一起喽？"

　　夏未来："……"

　　那照贱宋这么说，再四舍五入一下，我们一整幢的人其实都是同居关系喽。

　　夏未来为宋瑾这个粗浅的推理能力打满分。

　　后来，夏妈妈又发现，养了二十四年的懒女儿，最近爱上了晨跑，还喜欢带着啦啦一起。

　　每次跑步回来都要伏低做小地伺候啦啦，给它全身马杀鸡，伺候它喝水吃狗粮。养她这么大，也没见她这么孝顺过自己。

夏妈妈觉得自己心里有点酸。

就当夏未来过着每天带着啦啦大爷跟在南森身后晨跑，偶尔还会跟他打个招呼说几句话，让夏未来幸福地感慨生活多美好的时候，美好的生活给了夏未来沉重的打击。

Chapter.5 ——

悼念我出师未捷身先死
的单恋

　　这天下午夏未来没课，刚好赶上宋瑾也不上课。所以，夏未来邀请
小伙伴来自己家里吃饭。她亲自做给宋瑾吃，毕竟指望不上夏妈妈。

　　夏妈妈自从对养生知识走火入魔之后，味精不放，酱油不放，少油
少盐，做的菜不仅看着寡淡，味道也跟水煮的没什么差别。

　　"有的吃就不错了。"被学校食堂折磨得没脾气的宋瑾说。

　　两个人在夏未来家附近的超市里选购今晚的食材。即将要初次下厨
的夏未来，在选材方面的表现，让宋瑾对今天的晚餐抱有一丝怀疑。看
着还在货架前，对比着手里两瓶生抽和酱油的区别的夏未来，宋瑾不动
声色地挪了一小步，往旁边的架子上拿了一瓶老干妈放进购物车里。好
歹给待会儿的晚餐留条退路。

如果有 21 世纪最伟大发明的投票，宋瑾一定无条件支持老干妈。

耐心地等着夏未来拿出手机百度生抽和酱油的定义，宋瑾扶着购物车，无聊地四处瞎看。

"夏未来，来来，看，前面有帅哥！"

"帅哥有晚餐重要吗？"鉴于贱宋生活中一贯的审美水平，夏未来眼皮都懒得抬。

"不不不，这个帅哥好像是你男神。"

"男神！"

夏未来眼睛一亮，忽地抻长脖子，立马扭头顺着宋瑾指的方向看。

果然是南森。

继河堤之后，夏未来觉得有必要把超市列为和男神偶遇的第二个重要地点。

"来来，你男神旁边那位壮士你见过吗？"

那必须没有，作为南森颜粉，眼里怎么能容得下别人！

要不是贱宋的提醒，夏未来自动忽视了南森身边虎背熊腰的壮汉。但是此时，壮汉的存在异常显眼。

因为，他，刚刚挽上了南森的手！还把自己的头，艰难地靠在南森的肩膀上！

"明明比男神还要高出半个头，何必为难自己把头放在南森的肩膀上，不怕落枕啊！"

"居然敢染指我男神！"

"你个禽兽，放着我来啊！"

夏未来把手里的调料瓶放回货架上，生怕自己一个忍不住就爆发体内的洪荒之力，举起玻璃瓶子拍在那个，占男神便宜，不要脸的傻大个的脑袋上。

"来来，你不觉得他们的姿势很有问题吗？"贱宋凑过来，靠在夏未来的耳边问。

"我觉得啊！"

但是之前还想近水楼台先得月的我，根本没考虑过"男神如果是个gay"的前提。

心疼自己。

腐女之魂已经复苏的夏未来，哭丧着脸，不情愿地点头："你说为什么男人之间勾肩搭背还正常，挽着手就那么地基情四溢呢？"

"因为正常的兄弟情从来都是搭着肩而不是挽着手啊。"补刀小能手贱宋接着又说出了一个真相，"你知道为什么现在男多女少，而我们还这么艰难得单着吗？"

看到夏未来明显在等自己说下半句，宋瑾才满足地说出答案："因为男的都内部消耗了啊。"

呵呵，可以不用告诉她"防火防盗防闺蜜之外，还得和男人抢男朋友"的这个事实的。

贱宋推着购物车，带着她跟在南森身后的不远处。"别心塞啦。之前那部 BL 网络剧禁播的时候，你还可惜了大半天，你看，现在我们都可以在现实中围观 gay 秀恩爱了。"

夏未来："……"

如此机智巧妙的安慰，她竟然无言以对。

可知道男神爱搅基的她，现在不只是心塞大半天这么简单了。

手动再见。

南森这段时间带着金杯在跟进一个大公司的竞标项目，今天早上终于等到项目负责人从国外回来签约成功。

金杯说要好好庆祝一下，就决定跷掉下午的班，去南森家里让他做顿饭犒劳自己，还背了一串菜名，嘴皮子溜得大有吃一桌满汉全席的气魄。

听到南森实力拒绝之后，他才有所收敛，还指着自己因为通宵看小说才出来的黑眼圈，大言不惭地说："老大，我这段时间为了准备前期资料，已经加了好几天的班。你看，我的黑眼圈都出来了！"为了感化南森，猩哥还用上了自己在网络中领会到的卖萌大法，拉着南森的手左右摇晃着说，"我的老大不可能是这么拔【哔】无情的人。"

要是自己哪天决定和猩哥拆伙，一定是再也忍受不了猩哥的花样作死。

南森攥紧拳头，在心底压抑着揍他一顿的念头。武力是不能解决猩哥的。于是妥协地点头答应，希望猩哥赶紧见好就收。

但玩 high 了的另一个当事人，根本和南森不在一条脑回路上。

于是，偌大一个超市，上演着人高马大一米九的真勇士，娇滴滴地朝着自己同伴，撒娇的戏码。

两个人全然不知，他们现在这个相处模式，让谁看了都会觉得，这是甜蜜的一对。

经过饮料区的时候，金杯突然想到前一阵子自己在网上看的某个亲子节目。他一手挽着南森，一手指着某品牌的牛奶，把自己的声线挤扁，力求娇嫩且童趣地说："老大，杯杯想要喝 nei nei。"

南森原本就无表情的脸瞬间黑了，他努力平复心里磅礴涌起地想揍人的情绪。

猩哥又在网上看了什么东西？

接下来一段时间，金杯要是还能有空看乱七八糟的东西，他就不姓南。

南森还没来得及出手收拾脱线的猩哥，他们身后就传来一阵抑制不住的笑声。

夏未来一路和贱宋，保持安全距离地尾随南森，全程围观前面这对恩爱汪在大庭广众之下的黏糊。心情跌宕起伏，五味杂陈。

"我以为命运安排那么多巧合是为了让我勇敢去追你，现在才知道，原来一切都是自己想太多。"

她觉得自己是挺固执的一个人，具体表现在一旦想吃什么，排除万难也要吃到。

就像是上个周末，她突然想吃烧烤，但想吃得自己出门买啊，出门得洗头换衣服啊，懒得不想动的夏未来挣扎了很久，还是抵不过对食物的坚定爱意。洗了头换好衣服，朝烧烤店走去，路上还纠结等下要点什么东西。

然而，她走到烧烤店门口，才发现它关门了。

就像，男神喜欢的不是女生一样。

不是自己不努力呀，而是发现连努力的余地都没有。

她不能准确地说出自己现在到底是什么心情，可能是有点自作多情的小难堪，也可能是明白了"性别不同，不能和男神做朋友"之后的小失落。

不过，男神就算喜欢妹子，也不一定会喜欢上她啊。

夏未来木着个脸，想了无数理由，总算给自己找到一个台阶。

插刀教小伙伴贱宋，始终专注着前面那一对在大庭广众之下的拉拉扯扯，压根儿不知道夏未来经历了怎样复杂的心路历程，一直和她小声地分享围观心得。

"大高个真是白长了一副肌肉攻的身材，怎么能这么忸怩这么受。"

还好对南森的感情投入不深，所以拿得起放得下的夏未来客观地评价："可是，大高个很魔性啊，撒娇得毫无违和感，我快爱上他这副小媳妇的样子了。"

"估计南森也是被大高个的反差萌给吸引的。夏未来，你居然输给了一个男人！赶紧去学会撒娇这个撩汉技能好吗！"

贱宋说得好像自己会撒娇一样。

她强烈地表示多么痛心疾首。她们这些女汉子，居然连柔弱都拼不过男人。

夏未来驾轻就熟地翻了一个白眼："可我男神全程冷漠不配合。"

"你没看到他没有半点推开大高个的意思吗？由此看来，你男神大概就是那种，外冷内热，口嫌体正直的闷骚性格吧。"

大误，当金杯那身肉长着是为了好看的吗？南森根本推不开他的铜头铁臂啊，亲爱的。

当围观二人组，听到金杯那句恶意卖萌的"杯杯想要喝 nei nei"的时候，爆笑的情绪来得像是一阵龙卷风，猝不及防地就迸发出来了。

随后两个人都觉得她们笑得太嚣张，又立马捂住了嘴巴。

奈何还是被当事人发现了。

南森听到笑声回头看，又看到了这段时间经常可以遇见的夏未来。

超市里明亮的灯光，让她的发丝都平白染上一层光泽。眼睛也因为灯光的照射，闪着暗影浮动的细碎光芒，眼底承载的笑意让人一览无余。

就算她们已经用双手盖住半张脸，还在一耸一耸的肩膀也暴露了此时她们的心情。南森不用猜就能明白这是在笑什么，周围的气压又降低了一些。

一定要让金杯清楚地认识到哪些话是不能随便乱说的。

他轻描淡写地扫视了一眼，旁边因为发现被人听到而呆滞住的金杯。就这一道眼光，差点让一米九的大高个子卸掉力气。

小动物的预感，让金杯有种接下来的一段日子，都不会太好过的直觉。

偷听别人讲话被发现，自己还憋不住地笑了，这种情况点解？

气氛有些尴尬，夏未来深吸几口气，努力平复情绪。趁这个时间，在心底想好等下怎么开口，她才清了清嗓子："不好意思啊，我们刚转到这边买东西。"

所以打死都不会承认我们刚刚是在偷听你们对话，要怪就去怪空气会传播声音喽。反正她已经任性地决定把锅扔给大自然。

然后她又看向一脸懵逼的金杯："因为你说得实在太可爱了，我们就忍不住笑了。真的真的对不起哈。"

"我……就是在和我们老大开玩笑，哈哈！"金杯干笑了几声解释。

他收回了还挽着南森的手，向右移了半个身位。等到和南森拉开了些距离之后，又尴尬地挠了挠自己的后脑勺："我们经常这么开玩笑的。"

看了眼紧抿嘴唇一直没有出声的老大，他清楚地知道，刚才感受到的满满恶意是真的存在，只能祈祷老大还顾念一丝袍泽之情，不让自己接下去的日子太水生火热。

"说个话还不忘看男神的眼色，真是一个听话的女朋友。"

"是是是，你说什么都是对的。"

"我们嘴巴很紧的啦，会替你们守口如瓶的！"

"撑同志反歧视，放心，我们很开明的。"

这么拘谨不安的大高个，她们却不能开口安慰，默默在心底花式怜爱他三十秒。

"你们感情真好啊。我们东西买好了，先走啦。再见。"

扛不住南森的高压视线，夏未来拉着贱宋落荒而逃，自觉留出空间给他们。

一路风驰电掣地跑出超市，两个人还心有余悸地往身后看了一眼。长长地呼出一口气，贱宋就开始模仿金杯的语气，跟夏未来撒娇："来来，宋宋想吃牛排排。"

"说人话！"

"哦。"宋瑾一秒变正经脸，"我们去吃牛排吧。"

不是所有女人都会熟能生巧地撒娇。

看着两个人都空空如也的双手，晚上的食材根本没有买到。夏未来果断地点头答应："好，我请你。"

算是悼念我出师未捷身先死的单恋。

夏未来和宋瑾逃离现场之后，南森转过头死死地盯着金杯。

他轻笑了一声，低沉着嗓子，语气温柔却无端地让金杯头皮发麻："杯杯，大概今晚开始你就不能开电脑了。"他学着金杯刚才的自称。

晚上你的电脑应该会中病毒。至于什么时候能恢复正常，关键看你什么时候脑子可以不抽筋。

　　正确理会南森言外之意的金杯，意识到自己这次的玩笑开大了。

　　"老大，我错了！

　　"老大，我真的知道错了！求放过。看在我那么爱你的份上。"

　　南森觉得自己有必要用一百种方法让金杯学会捋直舌头好好说话。

Chapter.6 ——

一个高冷的男神应该说
的话

一顿牛排彻底治愈了"男神已经有男朋友"的心理创伤，夏未来又
满血复活。虽然不能获得"男神女朋友"的荣誉称号，但还是可以从颜
值的角度，来欣赏南森的呀。

所以说，吃一顿好吃的，没有什么事情是看不开的。

如果有，那就再多吃几顿。

虽然那天发生的事已成为过去，但是金杯甫一出场就给人留下的难
忘印象，始终让他高频率地出现在夏未来和宋瑾的日常对话里。

贱宋："我好怀念反差萌大高个啊。"

贱宋："这年头这么可爱的大高个也没谁了。"

贱宋："迫切地想知道他和男神交往全过程，感觉是一出好大的戏。"

夏未来："既然你这么诚心诚意，那我就大发慈悲地邀请你，过几天一起蹲守在我小区门口。说不定能等到大高个去男神家做客。"

贱宋："好！不能错过每个偶遇萌萌哒大高个的机会。"

夏未来："小贱贱，今晚我请客，约吗？"

贱宋："约！"

贱宋："为什么又请客！"

夏未来："级段长介绍的相亲宴。相亲归我，宴归你。"

总算自己不是单枪匹马去参加人生首场相亲会了。一想到自己也要开始进入这种，周围人提醒你该嫁人的时期，夏未来又开始头疼了。

昨天一下早自习，夏未来就被级段长拉到角落处。

级段长先问夏未来和伍声到底有没有在谈恋爱。

等她发誓自己和伍声只是纯洁的同事关系之后，级段长才说，自己朋友想给她的外甥介绍对象。她想了一下，自己关系好的老师里面就夏未来还单着。

做了二十四年单身贵族的夏未来，一点都不想这个时候被级段长提到。

级段长热情地推销着朋友家的外甥，总结一下就是个子高，长相不错，程序员，自己开公司，收入很好，还是名牌大学毕业。最后单方面拍板："先去看看，不合适就当认识个新朋友。"

还在小鸡啄米的夏未来没有缓过神来，就被敲定了今天晚上的相亲宴。

夏未来："五点前在世纪广场的肯德基等你哈。"

贱宋："好的，到时见。"

这边她收起手机，夏妈妈也刚好从夏未来的衣柜里翻出来一条连衣裙，二话不说让她换上。

本来下午她只是打电话回来，说一声晚上不在家吃饭。结果不小心漏了口风，被夏妈妈知道自己要去见相亲对象。所以，在夏太后的威严下，夏未来乖巧地转道回家，换身让太后满意的衣服，还被她按在椅子上，化了个时下最流行的韩系淡妆。

"看看你妈的化妆技术，啊！"夏妈妈退开几步，确认自己的手艺没有生疏，骄傲地说，"我现在随身携带化妆包，经常给我舞团朋友化，什么妆都小意思。"

她脚边的"乖乖小儿子"啦啦也见缝插针地汪了一声，附和夏家最高领导人，以表自己狗腿的忠心。

夏妈妈的广场舞团之前去参加比赛。作为舞团最年轻的她，因为相对年轻又洋气的时尚品位，被分配到化妆师的任务。认为自己身负重任的夏妈妈，为了不辜负组织信任，她借夏未来的微博大号，关注了一堆美妆博主。又逮着夏家现成的两模特练习了好几个晚上，化了又卸，卸了又化。最后用夏未来和陈大力薄了一层的脸皮，悲壮地换来了她自己的顺利出师。

想到自己为妈妈的化妆事业做出的贡献，夏未来似乎又感受到火辣辣的脸疼。

被自家太后检验合格才允许出门的夏未来，认真欣赏起映在电梯镜子中的自己，果断拿出手机自拍。

难得变得这么有女人味，一定要纪念下美貌值暂时上涨了的自己啊。

她开始在这个幽闭的小空间里，摆出各种不同的——剪刀手。

没办法，不会拍照星人这辈子唯一指定手势就是剪刀手，各种各样的剪刀手。

最后脑子里灵机一动，她把左手举过头顶，高高地对着电梯门竖起两根手指头。

美少女嘛，就应该比个美少女战士的经典动作！

与此同时，电梯门就，没有一丝丝防备地，开了。

然后，南森就这么突兀地，出现在美少女战士附身中的夏未来的眼前。

夏未来还在错愕中，习惯性地按下了快门，手机发出"咔嚓"的声音。

……

刹那间，所有动作全静止。

空气中此时弥漫着的氛围，叫作，尴尬。

"能给个遥控器让我倒退重来吗？"

"男神呀，我今天还没吃药哪，我是不是萌萌哒？"

"好吧，如果我说自己的肩膀痛想抻一下背，他会不会……假装相信一下？"

四目相对的短短几秒内，被定格的夏未来脑子里闪过无数想法，最后千言万语汇成一句话——天台上的朋友们，我也要来死一死了！

南森刚从外面回来，站在电梯口等电梯，准备回家去放下东西，就和猩哥碰面。

电梯还没有到一楼的时候，他就想起住在 12 楼的夏未来，似乎这段时间都没有碰到她了。但生活往往就是这么情理之中又意料之外，门开了之后，他再次遇到上一秒才想到的夏未来，而且是，正在凹造型自拍的夏未来。

她神情错愕，明显受到了惊吓，并且在自己的注视下，耳朵变得通红通红，目光开始左右闪躲，像只惊慌的小兔子。

可是，一点都不老实，慌乱中还不忘偷瞄一下，打量着自己的脸色。

多亏要回来一趟，要不然怎么能见到这么让他开心的场面呢？

如果每次一个人在你面前，做出让你印象深刻，过了多久想起来都会不自觉笑出来的行为，你也应该不会忘记她的吧？

南森看到夏未来，缓缓放下高举着的手臂，规矩地让它们紧贴着自己的身体，像是正在老实接受批评的小学生，竟意外地让人有些忍俊不禁。

他抿紧嘴巴，尽量让自己的表情看上去和往常一样。他怕自己要是露出一点点笑意，电梯里已经红着脸的夏未来，就会羞愤而死。

似乎是想帮夏未来消除些窘迫的情绪，他率先开了口，声音比往常多了一分清润柔和："这是要出去……"

说完，上前几步，不过仍然站在门边，和夏未来保持安全的社交距离。他一手提着东西，另一只手从兜里拿出来挡住电梯门，动作洒脱自然，配着他的脸，让人看得心花怒放。

连羞愤难当的夏未来也被晃了神。

她后知后觉地反应过来，连忙点头，垂着脑袋姿势僵硬地走出电梯，眼前 360 度模拟循环着刚才的场景，感觉自己再也无脸见男神了。

而南森呢，见她同手同脚地走出来仍不自知，嘴角再也压制不住，高高提起。光可鉴人的电梯里，他看到自己的笑容有多灿烂。

电光石火间，很多年都未出现的幼稚心态，让他想做件事情。

夏未来觉得自己脸颊的温度在上升，不过这个时候，她还不忘在心里表扬自己男神，毕竟他还能保持态度，照顾自己心情。

但，下一刻，她觉得要收回这个评价。

因为和男神擦肩而过的时候，她似乎听到他用调侃的语气说："摆拍姿势还不错。"

不错个鬼啊！

这是一个，高冷的男神，应该说的话吗！

这让她不由得脚下打滑，一个踉跄差点摔倒。

下意识地回头，看向正在缓缓关闭的电梯，她押一块钱赌南森正在咧着嘴笑!

"男神,你的设定是个冷漠自持的高富帅好吗!形象不要崩掉!"

"想在男神面前保持一个完美的形象,怎么就这么难!"

"大写的心塞。"

她解开手机锁屏,翻出最后手快拍下来的照片。画面中,电梯门半开,南森和倒映在电梯门上的她,都被拍了进来。马赛克了两个人的脸,又打开微博,先把微博名改成"来来我是一颗丢脸的菠萝",然后上传照片,发了一条配图微博。

来来我是一颗丢脸的菠萝:"在电梯里用这种姿势自拍,然后我男神的脸突然就出现了。一时之间气氛有些迷茫。"[附图]

夏未来一路懊悔,自己怎么就手贱拿出手机自拍,也对男神后来的"摆拍姿势还不错"耿耿于怀。成功和宋瑾会合之后,她难掩困窘之情,给小伙伴说了在电梯口发生的事情。

"没关系啦,丢脸这种事情丢多了也就习惯了。"等贱宋笑了五分钟之后,她擦着眼泪宽慰夏未来,"而且,是自己男神嘛,就当是小粉丝给偶像免费讲了个笑话。"

她也是佩服夏未来的运气。

"呵呵,以自己为原型的笑话一点都不好笑!"

"要是我偶像愿意看我笑话,我一定倾情奉献,让他永生难忘。"

"正常人一定会恼羞成怒,从此粉转黑。比如我。"

"所以，你不喜欢你男神了吗？仔细想想他的脸，再回答我。"

夏未来咬着嘴唇努力回味了一下："好吧，那就看在脸的份上，原谅这次吧！"

谁让他长得帅呢！

谁让自己是个外貌协会呢？

长得帅就是了不起，就是可以任性哪。

两个人有说有笑，照着级段长发过来的信息找到了地方。

服务员把她们领进店里，示意她们要找的位置，就是靠窗最里面那桌，而有个男人正坐在那桌。她们顺着服务员指着的方向看过去，有点震惊。

"那个不是我心心念念的卖萌小天使吗？所以他是你今天的相亲对象？"宋瑾扭头看着同样难以置信的夏未来，"为什么如此有缘分。"

级段长似乎是忘记告诉自己相亲对象的名字了。没有相亲经验的夏未来，也总算知道她们到底忽略了什么。

刚在男神面前出糗，现在还要和男神的男朋友相亲，她和南森之间的关系真是剪不断理还乱。夏未来今天的心情起伏，波澜得可以写出一篇5000字作文。

为了确保没有出错，她再次指着金杯坐着的位置，低声向服务员确认："49桌？那个高高壮壮的男的坐的那桌？"

服务员点头。

"男神又高又帅有财有颜有什么错，他还出来和白莲花相亲！"夏未来一秒切换成热血小粉丝的频道，义愤填膺为男神不平。

一旦接受了男神和他男朋友的设定，所有女生，都像是热血漫画里出现的柔弱女主一样碍眼。

"虽然我也没想到他是这种小杯杯，但是夏未来，你口中的白莲花是你自己啊。"是对南森有多大的爱，你才对自己这么不留情面？

"哦！但这不是重点！"夏未来说，"好心疼被蒙在鼓里的我男神。"

她回想起南森在电梯里咧开嘴，露出大白牙的灿烂笑容，会不会过了今天，男神再也笑不出来了，以后变成一朵受了情伤的忧郁美男纸呢？

这么一脑补，她特别庆幸是自己答应级段长来相亲。

这个时候，她有必要去做点什么。

男神，在你不知道的地方，让我们来帮你解决这起感情危机。

不用谢。

夏未来和贱宋气势汹汹地来到金杯面前，也没等金杯邀请入座，就主动坐在了他对面的位置上。

"杯杯？你好，我们之前见过的，我是夏未来。"

金杯听到夏未来的称呼，不禁在心里泪流满面，果然大家都还记得那件事。

因为上次的玩笑，这几天一到下班时间，老大就发一堆东西让他加急做完。经常加班到深夜的他提心吊胆，生怕自己猝死在电脑桌前，说起来都觉得眼泪要掉下来了。

自己追的小说都好久没去看了！作者大大们没有看到他在文章下面的长评，肯定没动力更新了。

为什么都要欺负我？难道因为我萌吗？

"你们好，我叫金杯。"所以，忘掉杯杯这件事情好吗？没有伤害，我们还能愉快地相个亲。

显然，夏未来就是故意的。她再次提起这个称呼："杯杯很好听啊。"说着又介绍了下宋瑾，"这是我的好朋友，宋瑾。"

"跟着来蹭饭，不介意吧？"宋瑾接过话头，露出一个浮夸的笑容。

来都来了，还说这些客气话干什么。

金杯摇头，表示很欢迎。

他也没猜到相亲对象是之前遇到过的，早知道就该让老大出马的。

想到南森，他下意识往斜对面墙角的摄像头看过去。

"上次和你一起在超市里的那位没陪你来吗？"宋瑾和夏未来对了一下眼神，轻描淡写地抛出问题。

"我们老大啊……"金杯的眼睛又往那边飘了一下，"咳，他今天没时间，在公司加班呢。"

骗人，明明还和我在小区电梯口偶遇了。夏未来撇了撇嘴，不想和这种没良心的负心汉说话。

宋瑾看自己小伙伴完全没有开口的意思，只能自己开始当主持人，活络气氛："既然来了，那我们正式开始话题吧。"

"好啊。"金杯从善如流。

"听说自己开公司？"

"嗯，和我老大一起，毕业之后自己创业。"

又谈恋爱，又一起创业，纠葛这么深还敢出来相亲？虽然没开口说过话但架不住内心活动很丰富的夏未来默默吐槽。

"是程序员吗？"

金杯又点头。

"程序员听说都很辛苦啊，经常加班写程序，把电脑当成女朋友。"

被戳到伤心事的金杯觉得心好痛，加班这件事情谁都没有他感同身受："是啊，一直加班，都快住在公司了。"

看到金杯掉进了她们挖好的坑里，宋瑾立马总结说："一般女孩子都不太喜欢找程序员当男朋友，觉得陪她们的时间会很少。"

所以，大高个，回到你老大的怀抱吧！一天差不多都待在一起，你老大才是你的归宿。

夏未来在心里顺着宋瑾的话往下说。

金杯愣了一下，他挠了挠后脑勺，又看了眼窗外，为什么老大还没来，他都快不知道说什么了。

看着一旁面无表情的夏未来，金杯只当她是慢热的人，怕她被冷落在一边，于是就转移话题："夏老师是在市一中教书吧？"

夏未来轻点下颚："对，市一中。"

"市一中很好啊，我老大以前高中也是在那里读的。"

哼，算你有良心，说到市一中还会想起南森。

宋瑾一脸惊讶："是吗？那真的是太巧了。你之前有理想型设定吗？"

说到这个，金杯有点小害羞。他扭捏地开口："这个靠眼缘的，不过我觉得性格最重要。"

"那你喜欢什么样的性格，具体说说嘛，我们还挺好奇的。"

"可爱里透点小性感，文静中透点小活泼，感性中透点小理智，柔弱中透点小坚强的那种。"

夏未来和宋瑾："……"

这么不走心的回答，你直接说自己不喜欢女的就是了。

"这种女生，不多见吧？"

"我看小说里都这么写的啊。"金杯理所当然地说。

夏未来实在受不了金杯这么理直气壮的傻白甜，忍不住打断谈话："那小说里的男主还全都是霸道总裁呢，现实里哪那么多高富帅。"

"我老大就是啊。"

这么三句不离我男神，你为什么还来相亲！夏未来忍不住拿眼神谴责他。

似乎才感觉到夏未来强烈的视线，金杯有点摸不着头脑，是发生了什么吗？为什么自己一直觉得夏老师情绪有点不太好。

宋瑾却觉得自己找到了金杯为什么来相亲的理由。

听他的口气，看的小说全是言情向的啊。可能是因为看多了BG言情，所以内心才对和女生交往产生了兴趣。于是就想来试试相亲的感觉。

自己简直不要太机智！

找到问题的关键就好办了。

"你也喜欢看小说啊。"宋瑾脸上的笑容真诚了好多，"我也经常看小说啊。"

然后，宋瑾彻底把小伙伴晾在一边，努力地和金杯安利自己看过的小说："我回去就给你发个压缩包，里面全是我看过的小说，质量有保证。各种类型都有，BGBL，虐恋情深，甜宠治愈，穿越重生，末世未来……想看什么都可以。"

觉得自己被打开了新世界大门的金杯，对宋瑾油然而生一股惺惺相惜之情，抓起放在桌上的手机，就和宋瑾交换了微信号。

以后小说读后感又多了一个人分享了。

夏未来觉得自己不是很懂旁边已经聊得热火朝天的两个人。为什么刚还和自己统一战线的贱宋，一下子就倒戈和金杯交换微信号了。

不过，她还是相信宋瑾做事的分寸。

"老大，这边。"金杯突然朝着他们的斜后方挥了挥手。

啊嘞？男神来了！

夏未来跟着回头，南森穿着下午的休闲格子衬衫，搭着深色牛仔长裤，像是没有发现周围三三两两对他行注目礼的顾客，款款朝他们走来。

夏未来觉得自己刚才的感情都白费了。原来金杯不是瞒着男神来的。

宋瑾再一次觉得自己 get 到了真相，大概是杯杯看了小说想感受下相亲的气氛，南森宠溺地放他自由放他飞，反正逃不出他的手掌心。

嗯，上下文联系一下，有理有据，她再次被自己的机智所迷倒。趁着金杯用目光迎接南森的时候，她靠在夏未来的耳边低声解释了一下今天的相亲事件。

原来是这样子！

一下子醍醐灌顶的夏未来也认同了贱宋的逻辑推理。

那正主都来了，她们应该可以功成身退了吧？毕竟被男神看到自己男朋友和相亲对象聊得兴高采烈一派和谐，也不太好。

还有，才在男神面前丢过脸，夏未来现在还没勇气坐在男神对面和他一起吃饭。

所以，等到南森坐下来时，夏未来和宋瑾起身告辞："我朋友晚上还有课，我先送她回去了。"

"对对对，这课刚好是我们院长开的，不能逃。我们先走了，不好意思哈，下次聊。"虽然和帅哥吃饭可能会更有食欲一些，但做人还是要有眼力见。

跑得这么快，还是在为下午的事情不好意思吗？

似乎眼前又出现了下午那个耳朵发红同手同脚的僵硬身影，南森几不可闻地笑了一声。

　　再次目送两人离去，金杯还有些依依不舍，他还有很多话想和新认识的队友说。

　　转头看向还望着门口的老大，金杯暂时把遗憾之情放到一边，问南森："老大，你觉得夏老师怎么样？"

　　南森斜了金杯一眼，没有直接回答他，只是说："她们不是说了一般女生不找程序员吗？"

　　"可是，你也是当程序员的大 Boss 啊，重点是 Boss！"

　　"嗯。"

　　"嗯"是个什么意思？金杯有点不懂了。

　　昨天，金杯去老大办公室准备抗议自己这段时间以来受到的压榨，结果刚好南森在接电话，金杯毫不客气地坐了下来，竖起耳朵听电话内容。

　　当他知道是老大的姨妈给南森介绍对象时，连续加了几天班的他全身细胞都开始兴奋了。虽然南森在他们大学里是风云人物，写得了程序，打得了篮球，跑得了一万米，收得了无数女生的少女心。可同寝了四年，根本没见过南森有过女朋友。

　　同样是单身狗的金杯也是为自家老大的终身大事操碎了心！偶尔还会想南森是不是不喜欢女人，可也没有发现他对哪个男人有意思啊。

　　所以相亲这种事情，他一定要跟着去！万一老大相亲成功，他必须是全公司上下第一个见过未来大嫂的人！顺便和大嫂搞好关系，以后再有得罪南森的时候，可以帮忙吹下枕边风。

当金杯正在畅想美好未来的时候，他似乎听到了南森有委婉拒绝的意思，吓得他赶紧上去挂断了南森的电话。

南森还维持着打电话的姿势，无奈地摇了下头，好像是没想到金杯会有这种胆子。他伸出上一秒还举着电话的手："拿过来。"

"老大，刚才抢电话的人不是我！我不要再加班了！"

不管怎么样，还是得先放低姿态。这是金杯和南森相处这么多年，得出来的宝贵经验。虽然，结果可能并没有好到哪里去。

"事情做完了吗？"

"没有。我今天还得熬夜做完，你看我的黑眼圈。"金杯凑过来，"都快掉到下巴了。

"老大，听说你明天去相亲？"

"如果你没挂断电话，我肯定不用去。"

"去啊，带上我。"

南森根本不想理这个顺杆往上爬的人。

金杯见老大不搭理，想了一下说："要不这样吧，反正店里面肯定都有摄像头，到时候我先去找个摄像拍得到的位置。你在车里看着，我再用手机连线你，这样说话内容你也知道了。要是觉得对方不错，你再进来，没感觉就算了，怎么样？我是不是很聪明！"

截取餐厅的摄像内容，这种事情完全小意思。

南森还是无动于衷，金杯看到假装没听到自己说话的老大，终于又开始哭诉起来："老大，咱公司僧多肉少，上一次我和女人说话，还是一个月前让前台妹子帮我订个饭。那妹子还是已婚妇女。老大，宝宝心里苦啊。万一你不感兴趣，我还可以顺势相个亲啊。"

然后，金杯发泄了一下自己单身了二十多年无人问津的血泪史。

听起来好可怜的样子。

南森终于妥协在金杯的苦逼单身史上，点头答应了今天晚上的相亲。

Chapter.7 ——

似乎节奏发展得有点速
度了

拜微博营销号所赐，夏未来发现自己的小号"来来我是一颗丢脸的菠萝"已经涨到了三万多的粉丝，私信里还有各种问她能不能接广告的。

因为，昨天发的那条微博又被大 V 们集体转发。

八卦说 V："这就尴尬了。"

娱八婆 V："美少女战士？Po 主似乎暴露了年龄。"

风吹蛋蛋凉 V："和你相遇在我最美的姿态。已经关注了博主，准备跟踪围观后续发展。"

然后就没然后了 V："没想到继上次咖啡店要微信号不成功之后，po 主和男神之间还有续集。"

照这个架势，夏未来仿佛看到了自己成为网红的那一天。只是，别家网红靠颜值吸粉，她大概另辟蹊径，史无前例地用丢脸来博眼球。

　　她打了个哈欠，擦着眼角生理性的泪水，昨天晚上因为想暂时逃过夏妈妈的盘问，她特地和宋瑾在外面逛到很晚才回家。简直是辛苦。还好今天是周五，下午放学就可以直接回家了。

　　伍声来到她位置前，弯下腰小声地问："听说昨天你去相亲了？"

　　这个问句，让夏未来一下子清醒过来。

　　他怎么知道？

　　下一秒，夏未来在办公室里，找到了正看向这里的级段长。

　　"级段长的嘴巴值5毛钱，你知道吗？可能她不想告诉别人她给你介绍相亲对象，但是她的嘴巴不允许。"

　　"级段长怎么会是这样子的人！"

　　"没关系，现在知道了，习惯就好，哈。"伍声拍拍夏未来的肩膀，幸灾乐祸地说，"我们办公室基本上都知道你去相亲了。"

　　夏未来想了下，今天是有觉察到办公室里，时不时往她这边看的眼神有点多。

　　伍声见夏未来明白了状况之后，才继续说道："所以大家在猜是你劈腿了，还是我们已经和平分手了。"

　　"呵呵。"

　　"你最近对我越来越冷淡了，夏未来，这样子你会失去我的！"他捂住心口，低垂着眼皮，一副"我被伤到了"的样子。

　　夏未来现在没心情搭理为自己加戏的伍声，她环顾一圈，觉得大家的眼神有点热烈，脸上想要八卦的表情也越来越明显。

"算了，跟你玩不下去。"伍声"喊"了一声，双手抱胸，开始说正事，"所以，对方怎么样？下次见面带我去啊，好歹给你把把关。"

夏未来就是个没心眼的人，伍声对她去相亲这件事情抱有一万个不放心。

为什么我相亲要带着一个，看 BL 小说的妇女之友去？要不是我喜欢的类型，你接着上吗？

作为一个异性恋，第一次相亲相到了同性恋，你觉得怎么样？

不过，夏未来没有这么说，毕竟伍声是南森的高中同学，算是熟人圈。大家都没出柜，这件事情还是先替他们瞒一下。

所以，她就含糊地说："对方大概不喜欢我这样的。不过，谁相亲带着男性朋友去，人家还以为我是砸场子的。"

"不要紧，实在嫁不出去，还有哥呢。"

她拿起教案，站起身，和伍声保持了足够让她逃跑的距离，才说："哦，谢谢你啊，妇女之友。下次多给你发一些小说。"还用口型比了一个"BL"。

说完赶紧扭头跑出了办公室，留下一脸谜之微笑，准备让夏未来放学后别走的伍声。

下午一放学，被伍声逮住教训了的夏未来，和陈栎一起回了家。

一路上陈大力小朋友欲言又止，夏未来见状心里暗自高兴，觉得他肯定是好久没和他爱的姐姐一起回家了，激动难耐，想抒发点情绪，又碍于面子不好意思。

她目不斜视，嘴角上扬，装作自己没发现的样子。

要保护青春期少年的自尊心啊朋友。

"你昨晚为什么这么迟回家？"陈大力终于在进家门的那一瞬，问出来了。

夏未来自顾自地换鞋，率先进了屋："和朋友出去逛街了啊。"

"听姑妈说，你昨晚上是去相亲了？"

陈栎在心里埋怨了一下夏妈妈，因为他早上才听姑妈说起相亲这件事。要不然昨天晚上，他肯定在客厅里等姐姐回来，第一时间问清楚来龙去脉。

"那个没戏呀。"夏未来一边把刘海在头顶上扎一小揪，一边往房间走去，听到陈栎一路跟着自己，立马回头说，"我要进房间换衣服了，别跟着我。"

陈栎点点头，表示自己不跟进房间。不过他还是不放心地多叮嘱了一句话："你以后别随随便便出去相亲了，这年头相亲的人不是奇葩就是渣。"

他还是担心哪天在不知道的时候，姐姐就相亲成功嫁出去了。

夏未来心里一阵温暖，让小管家公别操那么多心，就关上了房门。

换好家居服，夏未来拿起拖把开始拖地。

每天住家里的日子，虽然可以不用做饭，不用交房租，但就是有一点不好——被太后各种嫌弃。所以，也只能利用各种空闲时间，靠做做家务来巴结一下夏妈妈。

尽管做完家务，还会被太后说打扫得不干净。

有个处女座妈妈的滋味，真是一言难尽哪。

门铃在她刚拖完地的那一刻响起来。

夏未来透过猫眼看到是夏妈妈，立马开了门。

她清咳一声，准备好情绪，打开门眉飞色舞地迎接太后："太后娘娘，您，回来啦！"还故意把拖把放在身前，想借机夸下自己，"我刚……拖了地，你看我乖不乖？"

啊嘞，男神为什么跟在太后身后？

这是见家长？似乎节奏发展得有点速度了。

杯杯，你家老大都来我家登堂入室了，你人呢！

"来来来，南森，快进屋。"夏妈妈很想把这个丢人现眼的家伙塞回去。她假装并没有认真听夏未来在说什么。把堵在门口，并且已经神游千里的夏未来推到一边，夏妈妈赶紧让手里帮忙拎着东西的南森进去，"真是麻烦你了啊，帮我拎上12楼。"

"不碍事的，阿姨。"南森看了眼杵在门口的夏未来，礼貌地朝着她——脑袋上的冲天髻点头打了个招呼。

这个造型很别致，刚才谄媚的语气也特别到位。

然后他把东西放在玄关，就准备走人："我先回去了，阿姨。"

今天回来，他正好遇上这栋楼的几台电梯都在维修，于是转头去走楼梯。

那时楼梯口已经有一位牵着泰迪犬，手里拎着一大桶食用油和两大袋购物袋的阿姨。

南森赶紧上去，接过这位阿姨手里的东西，问她是住几楼的。

知道她是12楼的住户，也不明白为什么，脑子里第一时间想到的是夏未来。他听到自己说："我住您楼下，刚好送您上去。"

所以才有了夏未来在自己家门口看到南森的情景。

"不行不行，一定要留在这儿吃顿饭。"夏妈妈一把拉过南森的手臂，把他带到开着冷气的客厅，"哎哟，谁会想到电梯刚好坏了，物业也不提前打声招呼。要不是遇见你，我还不知道怎么把这堆东西搬上来呢。真是辛苦你了。快擦擦汗。"

所以妈妈，你是看不见在家里辛勤劳动的，你养了二十四年的女儿吗！

我们家也是有劳动力的呀。

被留在门口的夏未来，低头看向刚和夏妈妈一起爬了12楼的泰迪狗，它正趴着自己的脚边呼呼喘气。

毕竟她和啦啦大爷是一起跑步的革命友谊。日久见人心，关键时候，竟然是啦啦没有放弃她。

啦啦不复往日的活泼好动，不过眼下，想是休息够了有了点力气，也没理夏未来，直愣愣地跑进家，奔着自己的小窝就进去了。

夏未来心酸地站在原地，看着人间最后一点爱也离她而去。

呵呵，养不熟的白眼狼！

想到男神正坐在自己刚打扫完的客厅，夏未来又原地复活，精神百倍地准备去和男神套套交情。

夏妈妈正把南森按在沙发上，又是端茶倒水，又是切水果拿零食。陈大力听到声响，从自己房间出来，走到夏未来身边，低声问："谁啊这是，瞧着有些眼熟。"

刚前几天还说南森是自己偶像，现在真人在他面前，居然问是谁？这粉丝当得一点都不诚心啊。作为男神粉丝一号的夏未来摇了摇头："陈大力，你的偶像是谁？"

"南神啊。"

"喏，这就是。"夏未来抬起下巴，冲着正接过夏妈妈手里的果盘道谢的南森。

"我说呢！"陈栎一下子就来劲儿了，还不忘对她说，"姐，虽然你现在的发型很适合你，但我还是觉得，你应该把它放下来。"

留下僵硬在原地的夏未来，陈栎也参与了夏妈妈对南森嘘寒问暖的队伍，和自己的偶像套近乎去了。

对于是夏未来打开门的这件事情，似乎在南森的意料之中。

他们小区每一层都是两家住户，或许是之前他在心里已经偏向了阿姨是夏未来家人的这个 50% 的可能性。

他不否认，听到夏未来欢快且谄媚的声音时，自己是有些高兴的。

所以，在夏阿姨邀请他留在她家吃饭的时候，原本应该极力拒绝的自己也从善如流地答应下来了。

南森坐在沙发上，面容氤氲着汗气，显得温润柔和，额前有几缕被汗水打湿，垂在额前。他时不时地站起身来，接过热情的夏妈妈端过来的东西，偶尔也会注意一下，站在不远处的夏未来。

夏未来余光中瞥到南森看向自己的目光，脸上的温度又一下子升高了。她故作镇定，心里想着：我的男神一定不会让我失望，他会懂得欣赏我的发型的。

我的冲天髻，可爱中带着高贵，高贵中带着时尚，时尚中又有些小俏皮。

多好看的发型！

……

还是不能成功欺骗自己，夏未来用手捂着自己的冲天鬓，飞快地逃到自己的房间里。关上房门，一头扎进自己的被子里。

为什么每次丢脸都是在男神面前？二十四年丢的脸都没有这几天丢的多。

迟早我会在男神面前羞愤而死。享年二十四岁。

再来几次，我就会破罐子破摔，什么事情都做得出来了！

咬着被角，急需发泄心情的夏未来，又拿出自己的微博。

来来我是一颗丢脸的菠萝：我又丢脸了，是的，又在男神面前！忘记自己在家里是扎着冲天辫，然后被男神看到了。宝宝心里苦，但是宝宝不说。

三万粉丝真不是盖的。这条微博发出去之后，夏未来一下子收到了很多评论。

"我是菠萝的脸，菠萝不要我了。"

"请博主解释一下，为什么你在家里扎着冲天辫，男神会看到？"

"菠萝和自己的男生已经发展到这地步了？"

"论如何让男神牢牢记住自己，博主，你真是大写的心机。"

她没有回复评论，反正大家都是来看笑话的。如果能收费的话，夏未来估计已经可以变成人生赢家。她又点开微信，找到宋瑾。

夏未来：小贱贱，我今天又丢脸了。

她打开前置摄像头，拍了自己的发型，发给宋瑾。

夏未来：男神，看到了我，在我这个发型的时候。

宋瑾：哈哈哈哈哈哈哈哈哈哈哈哈哈，夏未来，你怎么能被南森看到这种样子！

夏未来：电梯坏了，他帮我太后拎东西，送她上楼。

宋瑾：这缘分也是没谁了。

宋瑾：他再次征服了我。有颜有才有钱还有品德，快爱上他了。

夏未来：可惜你不是个男的，一点和小杯杯竞争的余地都没有。

和贱宋有一搭没一搭地聊着，夏未来的脸渐渐地没那么烫了。

这时，门口响起了陈枺的声音："姐，快出来吃饭了。"

夏未来和贱宋说了一声就下线了。她把头发放了下来，出了房间之后先拐去洗手间，洗了个手，然后用水打湿刘海。

刚刚辫子扎久了，头发留下了痕迹。

她看着镜子里的自己，深吸了一口气，夏未来，没什么大不了，这是你的地盘！要理直气壮一些！

虽然心底给自己许多暗示，但还是没什么底气去面对已经看过她无数次犯蠢的南森。等她磨磨蹭蹭地来到桌边，感觉大家和南森的关系已经突飞猛进。

也就是去房间待了会儿而已，为什么就感觉她已经融不进大家的气氛了。

南森和陈枺已经入座。啦啦大爷也恢复了活力，一直围在南森的脚边打转，还会仰起头冲着南森叫两声，尾巴摇得那叫一个欢快。

夏未来听到坐在南森左手边的陈大力，一口一个南神地叫着，一点都没有作为中二少年的高冷样。

夏妈妈把最后的汤从厨房里端出来，经过夏未来的时候，还嫌弃地说："你怎么还不坐下来，刚一直在房间里干吗呢。"

也没等夏未来回答，夏妈妈立马扭头笑脸迎人，温和地对南森说："小森啊，阿姨从早上就开始煲着的山药骨头汤，你尝尝。"

还嫌照顾得不周到，帮南森盛了一碗。

对自己心爱的女儿是这样的态度吗！

才多久你就叫人家"小森"了？人南森答应你了吗。

哼，以前要好的时候叫人家小甜甜，现在却叫我牛夫人。

中年妇女就是翻脸无情，喜新厌旧。

"嗯，阿姨，汤很好喝。"

夏妈妈看南森喝完了一碗，又高兴地往他碗里夹了好几筷子的菜："小森，多吃菜，别客气哈。"

夏未来听到陈栎也在旁边帮忙招呼："南神，你多吃点，我姑妈做的菜可好吃了。"

呵呵哒，敢情之前跟我偷偷吐槽说"最近姑妈的菜越做越难吃，自己都快瘦得压不住秤了"的人不是你啊，陈大力。

虚伪！小小年纪就不学好。

她满脸不愤地坐在位置上，不屑地朝陈栎翻了个白眼，转头又虚伪地笑着对自己男神说："是啊是啊，别客气，我妈做的菜很好吃的。"

也是托南森的福，夏妈妈今天做的菜总算不是少油少盐的养生菜了。这样想着，她又满怀感激之情对自己男神笑了一下。

"这是我女儿，夏未来，在市一中当老师。"夏妈妈总算想起了自己在二十四年前还生过一个女儿。

"夏老师，我叫南森。"遇到过很多次，可仔细想来，双方似乎从来没有正式打过招呼，也没介绍过名字。

南森又看向夏妈妈说："之前我们有碰见过几次。"

其实他都知道，前天他阿姨在电话里已经大概介绍了一下夏未来，只是那时候还不知道夏未来就是他的相亲对象。

"对，之前在楼下晨跑的时候遇到过。"夏未来立马补上一句，然后也不看大家的反应，夹起夏妈妈做的爱心排骨，小口小口矜持地啃着。

她才不会暴露是自己先在咖啡店搭的讪，她心虚地看着南森，也不知道男神还记不记得这件事。

只是她吃得认真，并没有发现夏妈妈闻言，就若有所思地看向她的眼神。

"她平时懒得要死，前段时间不知道又抽什么风，才每天早起下楼跑步。"

自己女儿什么德行她能不知道吗？夏妈妈觉得自己好像知道了什么事情。

"咳咳咳咳咳……"这是被母上大人出卖，猝不及防呛到的夏未来。

南森低头吃了一口菜，压住自己涌上喉咙的笑声。

四人外带一条狗的餐厅里，除了偶尔勺子碰碗的声音之外，再无其他。

"小森是住 1102 吧，前段时间搬过来的？"掌管着这一片八卦消息的夏妈妈之前听到他说是住楼下的，脑子里就调出了 1102 的资料。

"嗯，这边离公司近一些。"

"听陈栎说，你是自己开电脑公司？"

"和朋友一起合开的。"

"那也很厉害了啊。你家里是做什么的？"

听到这里，夏未来赶紧打断夏妈妈的话："妈，我卡鱼骨头了！"

"今天桌子上哪有鱼？"

"咳咳咳咳，我卡骨头了！"夏未来差点又被自己呛死，心里无尽的悲伤。

临时想的借口，你还指望它能多完美。

南森似笑非笑地看着把头转到一边，捂着嘴使劲咳嗽的夏未来。

其实夏阿姨和自己妈妈都差不多，一有人来家里吃饭就会逮着问东问西，这大概是她们的爱好，并没有什么恶意。

他没觉得有什么不妥，出于对长辈的敬意，他也会有问有答。再者，夏阿姨也没问些让人回答不上来的问题。

接下来的时间，陈栎和南森在聊 IT 技术的事情。文科生夏未来被他们嘴里一堆的专业名词吓到，老老实实地吃着碗里的饭。

"太好了，森哥，你真愿意教我啊。"陈栎突然喜出望外，兴奋得连声音都高了八度。

这是发生什么事了？

夏未来嘴里还叼着骨头，睁大眼睛看向兴奋的陈栎，表示自己不懂现在是什么情况。神情和南森脚边啃着骨头，瞪着湿漉漉的圆眼睛的啦啦大爷一模一样。

南森看到神同步的表情，再次默默吃了一口菜，遮掩住自己已经上扬的嘴角。

这顿饭吃得有点开心。

"森哥说他以后可以给我辅导编程。"陈栎跟夏未来解释了一下。

"哎哟，这怎么好意思呢？"夏妈妈假装客气了一下，没等大家反应过来又飞快地说，"那以后陈栎就麻烦你了。"

妈妈，你好歹再矜持一下啊。夏未来捂了下眼睛，真是没脸看这么顺杆子往上爬的自家太后。

"夏阿姨，没关系的。"

夏未来觉得自己似乎看到了南森抽动的嘴角。

一顿饭宾主尽欢，夏未来不用夏妈妈吩咐，就自觉收拾起了碗筷。

南森夸了一下夏妈妈的厨艺并再三感激了晚上的招待，让中年妇女再次心花怒放眉开眼笑，就起身告辞。

目送完南森离开，夏妈妈才收住了笑容："真是个不错的小伙子。长得这么帅，也是少见。"

夏未来决定等下就发短信给自己在外做生意的爸爸，告诉他赶紧回家，他老婆快被一个小鲜肉给迷倒了。

"是啊是啊，所以才是我偶像啊。"和南森近距离接触，更被他人格魅力和专业知识圈粉的陈小弟努力点头，"以后就是我老师了。"

男神一顿饭的时间就用他的美貌圈了两个脑残粉。夏未来看着还站在门口的他们总结了一下。

"夏未来，你昨天去相亲，怎么样了啊？我觉得小森就很好啊。我刚问了，他还没女朋友呢。"一直奉行"什么年纪做什么事"的太后，从她毕业之后，就开始操心夏未来以后的人生大事。

"人家肯定看不上我的啦。"没女朋友，你还不让他有男朋友啊。

夏未来觉得太后真是跟不上时代。

一直担心自家姐姐被人拐走的中国好弟弟陈大力，看姑妈还要说点什么，立马见缝插针地开口提醒说："姑妈，到时间了，你该去跳舞了。"

于是，夏妈妈才怏怏然地停止了这个话题，带着啦啦赶紧出了门。

南森回到自己家，想起刚在楼上听到的提示音。因为在别人家不方便看手机，所以一直也没拿出来看。

他掏出手机，打开自己的微博。果然看到夏未来的主页更新了。

昨天看到夏未来发的关于电梯自拍事件的微博时，他就顺手把她设置成了特别关注。

看完夏未来刚刚发的微博，他随手点了一个赞。

把手机放在桌面，南森靠在沙发上，用左手捂着自己的眼睛，看似在闭目修神。

她应该是在客厅里，才想起自己那时候扎着一个小辫子吧，所以那时候一脸生无可恋的样子，跑到自己房间里发了这条微博。吃饭的时候，湿刘海大概也是被她故意打湿。

他想起了前几次遇到的夏未来。

心虚的，热情的，受惊的，落荒而逃的，和在网上不掩饰对自己有企图之心的她。

　　从刚开始遇到的那一刻起，她的身影就鲜活地存在于他的世界。

　　每次看到，虽然状况百出，但都会让他很开心。

　　南森放下手，看着天花板上的微黄灯光，似乎透过楼层，那个鲜活的身影又在自己眼前，他觉得自己心里慢慢渗出了一份温柔。

　　其实，不用慌张，冲天鬓也很不错啊。

Chapter.8 ——
天知道男神到底是不是
没那么烧了

　　以上次太后留南森在家吃过一顿饭为起点，夏未来发现自己家和南森的关系就一路高歌喜大普奔。陈大力每天晚上自习课回来，就提着笔记本跑到南森家去接受他的辅导。连啦啦都有幸跟着他跑下楼去参观过。

　　后来，自家太后每天都煲一个爱心汤，让陈大力带下去和南森一起喝。

　　而南森，也偶尔会让陈栎带些回礼上楼。

　　于是，夏未来也慢慢习惯，偶尔哪天自己回到家，可能在饭桌上看到被夏妈妈邀请过来的南森。

　　经常会在家里听到自己妈妈和弟弟提起南森，特别是陈栎，无条件拥护南森说的每一个字！十句话总有一句是说南森的，以至于她不担心陈大力抢走自己南森头号粉丝的地位，就是有些操心陈小弟的感情问题。

　　这天，夏未来终于决定要好好关心下陈栎，她把陈栎拉进自己的房间，问他："陈大力，你有没有在学校交女朋友？"

　　四目相对，夏未来努力让自己的眼神变得更诚恳一些，希望眼前这个少年能如实坦诚自己的感情状态。

　　"什么鬼？我哪有时间交女朋友。"陈小弟对姐姐突然的询问有点一头雾水。

　　也许自己是班主任，所以陈栎一时之间跟自己有所保留，这样子想想也很正常。夏未来为弟弟找到了理由，于是又开口试图打消陈栎的顾忌："陈大力，你看我很开明的，我们班里那么多对我都知道，可我也没说什么，你说是吧？"

　　陈栎点点头。

　　自家姐姐刚毕业没多久，接受网络新兴文化的速度比他们都快，有时候连微博流行语，每天发生的热门事件都是她及时科普给同学的，所以大家和她的关系很亲近，平时打成一片，心里也不觉得有什么代沟。

　　"所以说，我又不是要拆散大家，你也别不好意思跟我说。"夏未来循循善诱，"你有没有女朋友？看你长得这么潇洒迷人。"

　　"没有啊，我对交女朋友没兴趣。"

　　怕的就是没兴趣！

　　夏未来心里咯噔了一下。这段时间他天天说南森怎么怎么好，就算相信陈小弟是个对感情还懵懂无知的少年，也要看看南森那上到九十九，下到小朋友都喜欢的外部条件，一想到这些，夏未来就担心自己原来根正苗红的弟弟会被掰弯。

"陈大力，现在你是青春期，你知道吗？荷尔蒙会分泌过多，所以对女生产生感情是很正常的。"你姐姐都这么开放英明了，你能不能去谈个恋爱。

夏未来努力跟陈栎解释："你要是有喜欢的女生，就赶紧去追，也不枉年轻一场你造吗。我以前就是太听话了，错过那个时候，现在想早恋都不行……"

陈栎觉得自己姐姐今天没吃药，就没见过一定要让自己学生交女朋友的老师。他拿开夏未来的手，打开房门头也不回地说："我回房间写程序去了，晚上还要拿给森哥看呢。"

连一向乖巧听话的弟弟也不爱自己了吗？

夏未来总觉得自己在家里的地位下降了。

她摇了摇头暂时抛开地位不保的危机感，打开电脑继续准备后天的课程。但一想到自家弟弟对南森洗脑式的崇拜，又忍不住点开企鹅对话框，给小伙伴贱宋发去了一条消息："不是跟你说，我们家现在和南森关系越来越融洽了吗。我家陈大力现在说起南森来简直是滔滔不绝，对男神的爱绵绵无绝期。从来没发现男神居然也有迷弟属性。好怕陈大力突然有一天控制不住感情，要去找金杯单挑。"

宋瑾：哈哈哈哈，和金杯一个样子，我上次加了金杯的微信。他朋友圈里面基本上都是"我和老大不得不说的故事"。

贱宋还截了几张金杯的朋友圈过来。

夏未来点开一看,有"老大,我错了,什么时候我才能不加班啊",配的是自己趴在电脑前睡觉的图片。

"今天的老大长这样。"配的是远景偷拍南森的照片。

"老大好6,又谈下了一笔大单。"

"老大亲手做的菜,你们肯定都没吃过!"

……

夏未来:他们是热恋期吗?没谈过恋爱的我真是大开眼界。虽然觉得陈大力比不过他这样子虔诚的爱,但应该也差不多了。

宋瑾:你舅舅舅妈会哭的。

夏未来:所以我刚才一个劲问陈大力到底有没有女朋友,想打听点消息,然而被他鄙视了。

宋瑾:弟弟不懂姐姐的心。

还没等夏未来表达自己一腔姐姐爱被弟弟拒绝之后的心痛之情,夏妈妈又过来让夏未来去楼下喊南森上来吃饭。

"陈大力呢?"跑腿的工作,夏未来立马条件反射地询问起陈栎。她家一向是这样,有事弟弟服其劳。

不过这回,她又立马拉住夏妈妈去叫陈栎的脚步。

压下心中"可以去南森家一探究竟"的窃喜,夏未来决心要减少一下陈栎和南森的见面次数,嗯,能少一次是一次。做姐姐的为弟弟考虑到这个份上，也是不容易。

　　于是自觉是 24 孝好姐姐的夏未来欣然下楼，去帮夏妈妈请人回家吃饭。

　　夏未来在 1102 门口，深呼吸了几次，这是她第一次来南森家。心里模拟了几次等下怎么邀请男神的对话之后，她才摁下门铃，结果等了一会儿，也没等到人来开门。

　　她的眼神暗淡下来，心里稍微有些失落。真是可惜呀，男神不在家。

　　既然这样，她拍拍手准备回家跟太后报告，就看到金杯从电梯里面出来。

　　金杯抬头就看到在老大家门口的夏未来，愣了一下，难道追老大都追到家门口了？

　　"你怎么在这儿？"

　　"Hi，小杯杯。"夏未来挥手冲金杯打了个招呼，想起自己母上大人的心思，有些心虚，"我住在楼上，我妈让我来叫南森上楼吃饭。"

　　在他不知道的时候，老大就和夏老师关系熟到这个地步了？

　　都是见过家长的节奏了？

　　上次相亲，他一直搞不懂老大是怎么想的。不过，如果按照自己之前和老大说好的，那最后老大进来是因为满意那天的相亲对象，也就是夏老师？

　　金杯又看了一眼脸上堆着笑容的夏未来，觉得自己宁可错杀，也不能放过这一个可能性，于是一下子就把夏未来放在"准大嫂"的定位上。

"我老大呢？还没来开门吗？"

夏未来奇怪地瞥了一眼，没来由地觉得金杯对自己的态度又热情了很多。

"大概人不在家。我按了门铃，一直没人来开门。"

"他在家的呀。昨天我们的程序被人黑了，老大带着底下的人重新连夜写了一套程序，今天中午才回来，肯定在家睡觉呢。"

他一边和夏未来解释，一边从口袋里掏出钥匙："没事，我有他家钥匙。"

呵呵呵，都有钥匙了啊。这离同居应该也不远了吧。

赶紧过来住啊，让陈大力也收敛点，不要老是跑下来找南森。

夏未来干笑了几声，心里虽然是这么想的，可突然觉得，自己手脚放在哪里都有点不自在。

托金杯的福，有朝一日夏未来居然能进男神的家里参观。

"随便坐，我去看看老大醒了没。"

夏未来看他俨然一副主人样子地招呼自己之后，轻车熟路地往南森的卧室走去。

她坐在沙发上，准备和南森碰个面，转达一下夏妈妈发出的晚饭邀请。

趁着两人还没有出来，夏未来随意打量了一下房子四周。南森家的格局和自己家差不多，只是装修上面更偏向简单舒适。整个房子都是黑白色系的，虽然干净，但是也有些冷清寡淡。不过夏未来想到他一向清冷的眸子，这种装修风格也确实很适合他的气质。

"夏老师，我老大好像发烧了。整个人睡得迷糊，我摸着他额头有些发烫。"金杯从房间里走出来，慌张地在客厅里面找药箱。

"啊？知道药箱在哪里吗？"虽然没有看到南森的状态，但她被金杯带动得也有些着急。

"不知道，之前也没看他用过。"

那要你何用！夏未来在心里咆哮着。

如果切换成游戏模式的话，此时系统一定会发出下列一行字——

"叮，南森的亲妈粉夏未来已正式上线。"

金杯翻箱倒柜也没找出东西来，他转身去厨房："我先去给他烧点热水。"

亲爱的，多喝热水真的不是包治百病的啊。

夏未来一脸无奈。

我男神跟你在一起这么久，活到现在也真是不容易。

她叹了一口气，觉得还是要靠自己拯救男神。再让金杯没头绪地乱转悠，她都怕南森被烧傻了。

"我回楼上去拿点药下来吧。"

"你会煮粥吗？"金杯听到夏未来这么说，赶紧从厨房里出来。他有些不好意思，可自己厨艺实在拿不出手，只够烧个热水，"我老大看起来应该一直没吃饭。上次我记得我们在超市里买了米回来。"

于是，夏未来又任劳任怨地进厨房去拿电饭煲煮了粥。

回到家，夏妈妈还在厨房里准备最后一道菜，听到门口的动静，立马关小火，探出头来准备让南森先坐一会儿。可发现只有她女儿一人，上一秒还眉开眼笑的表情立马消失："南森呢？怎么没一起上来？"

要不是夏未来还记着楼下正发烧的南森，她一定要跟太后好好理论一下，刚才的表情变化带给自己的伤害有多大。

这还是亲妈吗！

夏未来撇撇嘴："南森发烧了，我们家有什么退烧药没？"

说着，她想到自己刚刚煮下去的粥，于是就进了厨房，打开冰箱拿出夏妈妈腌好的泡菜，准备带下去等下让南森就粥吃。

夏妈妈听到南森发烧了，立马擦干净手，从柜子里找出了一些药剂："烧得厉不厉害啊？要是严重的话，就要送医院去。"

"还不知道呢，他朋友在楼下。不过没在他家找到药箱，也不知道烧到多少度。"

夏妈妈听闻又转身拿出了体温计，连带着药片一股脑地塞给夏未来："他朋友肯定没那么细心。你就待楼下去照顾下南森哈。吃什么药记得多看说明书。"

我其实送完药就回来的，你不用把我打包送楼下去。

妈妈，你难道不打算让我回来吃晚饭了吗？你女儿她没吃饭啊。

被赶出家门的夏未来再次回到1102，把体温计交给金杯，就准备去厨房里拿杯子泡冲剂。想了下，她转身问金杯："会用体温计吗？"

"会啊，直接插嘴里呗。"

夏未来被如此理直气壮的回答噎了一下。幸亏她多问了一句，把体温计放男神嘴里然后让他咬出一嘴的水银吗？

夏妈妈是明智的，估计让金杯一个人留在这里照顾南森的话，南森大概会是英年早逝的结果。

"放在腋下，腋下在哪儿你知道吗？要不然，通俗点，胳肢窝？"

金杯感到自己的智商被鄙视了。他幼儿园之后就没怎么生过病，平时感冒也就是流个鼻涕打个喷嚏，怎么会记得这些东西！

他委屈地再次走进老大的卧室，听话地把体温计塞到南森的腋下。

"老大，你家杯杯被欺负了。"金杯和还在睡觉的南森弱弱地抱怨了一声。他都不敢出去和夏未来面对面了，生怕自己再做不好被夏未来接着鄙视。那滋味太戳心了。

铁汉柔情，就算他满身肌肉，也受不了夏未来犀利的眼神。

但是过了五分钟之后，他还是不得已地出去面对夏未来，因为他压根不会看体温计上面的度数。他努力加强自己的心理建设，准备出去不耻下问。

真是一文钱逼死英雄，金杯决定以后一定要送老大一个红外线体温仪。

"等我琢磨一下怎么看体温计。"

夏未来从小就不会看这种三角体温计上面的度数。她只记得是要转着体温计，好像是转到对的位置，就能看到一条刻度线。然而以前她总是看不到。

金杯觉得这样子的夏未来有些亲切，他在旁边盯着认真找刻度线的夏未来，心里有些小庆幸。多亏了有夏老师在，要不然自己还真不知道该怎么办。老大果然还是需要一个女朋友在身边照顾他的啊。

"夏老师，我们老大从来没有交往过女孩子。"

我懂你们老大只喜欢男孩子。

"我老大他专业技术很厉害，我们公司虽然才成立没几年，但是已经在业界很厉害了。"

是是是，你家老大特别厉害。

"而且IT行业男多女少，也不用担心工作场合，会经常和女生接触。"

对啊，你根本不用担心。

"你别看他外表冷冷清清，不好亲近，但是熟悉之后，他对身边的人都很照顾的。"

哦，祝你们幸福啊。

"39.8℃。"终于皇天不负有心人，夏未来总算找到了度数。

40℃就得送医院的话，这个程度应该也算是厉害了吧。其实也没有很多生活常识的夏未来，立马冲好一碗刚喝得进口的冲剂和几粒退烧药，塞给一直在耳边聒噪的金杯，让他送进去喂南森吃。她只是来照顾病人，为什么还要听那么多恩爱！

哼，她真是一点都不想知道！

虽然很想进卧室看一下现在南森的状况，但是进一个男人的卧室这种事情说出来还是有点影响不好。

南森被金杯叫醒，他感觉自己全身都在发热，脑子也昏昏沉沉，眼皮重得不想抬起来。

"你怎么过来了？"

"还好我过来了，要不然你一个人发烧在家。我们也都不知道。"

他接过金杯递过来的碗，并没有注意到金杯嘴里说的"我们"。

一口气喝完药，因为嘴里怪异的味道，他难得露出嫌弃的脸色："你出去买药了？"

搬过来没多久，他还没记起要在家里备个药箱。

"没呢。夏老师从自己家里拿了些药下来。"

金杯放下碗，抽了纸巾贤惠地帮南森擦了下嘴角："夏老师还在外面，多亏了她又是冲药剂又是给你煮粥。"

南森弯着头，面无表情地看着金杯，其实他只是在脑子里反应了一会儿。等到接收完金杯刚才的信息，立马掀开被子，准备下床出去。

金杯和自己都在卧室里，留夏未来一个人在客厅里，这不是他的待客之道。

夏未来看到脸色凄白神情憔悴，睡衣外套了一件睡袍的南森出来，不自觉地瞪了一眼跟在他身后的金杯。

让高烧的病人这样子走出来，你就是这么照顾的？

"麻烦你了。"因为感冒的原因，南森的声音有些沙哑，他单手握拳挡在嘴巴前咳了一两声。

"没关系。本来我妈想请你上去吃顿饭的，不过你应该没胃口，我就在你这里给你煮了点粥。"

南森颔首："替我谢谢夏阿姨。"

夏未来让金杯进去拿了一床被子，还有一个吹风机。她给南森递了一杯热水，对他说："刚好你出来，等下我拿吹风机给你吹下额头吧，出了汗烧就退了。"

这是她家太后的偏方，治发烧特别管用。本来南森在房间里，她也不好意思进去帮他吹脑袋。

金杯按照夏未来的指挥，用被子把南森包成一个粽子，让他坐在沙发上，又用袜子把他的脚也包上。夏未来把吹风机开到中档的热度，右手拿着吹风机对着他的额头吹，左手稍微挡住南森的脸，替他拦住几缕燥风。

他的皮肤真好，没有毛孔，不长痘痘，连眼袋都没有。夏未来嫉妒地皱了下鼻头，自从在二十二岁生日的时候发现自己眼下开始有阴影之后，她就有种开始变老的紧迫感。

来不及瞎想别的，夏未来的思绪被南森呼出来的热气打断了。一息一缕，带着温度，全都喷在自己的手掌心，甚至比手背上感知到的风还要燥热。这种热度似乎能通过血液循环传到脸颊上。她想自己的脸肯定也沾染了南森的热度，变得滚烫。

就算吹风机那么大的噪音，也遮不住她心跳的声音。

夏未来，人家男朋友都在一边看着呢！你男神他有男朋友啊，所以不要犯蠢好吗？

她强迫自己把刚才那些可笑的念头都抛诸脑后，接着看向在旁边坐着，一直帮南森捂被角的金杯，示意他来接手自己。

谁知道金杯把被角打了一个结，凑近夏未来大声地说，今天晚上还得去公司盯着那一套新系统的运行。

然后没有一丝牵挂地走人了。

男神，你不对你家不负责任的傻大个男朋友说点什么吗！

他怎么能心大成这样！我会忍不住去挖墙脚的啊！

好吧，虽然她只是有贼心没贼胆地腹诽一下而已。

夏未来重新看向低着脑袋，似乎一点都没注意到金杯离开的南森，生病的时候真听话。

她想起金杯之前对她说的话。

好吧，可能是太相信男神的人品了。

南森的双眸低垂着，他根本没心思在意金杯是待在客厅里还是已经走了。此时的他眼里就只有一直挡在面前的这只白嫩的手，前额被暖风一直吹着。他觉得自己一塌糊涂的意识里，还是可以清楚感知到，夏未来正在专注地看向他，仿佛现在她全副心思都投注在自己身上。

这么想着，体内发烧的热度再也不像刚才那么难受灼热，耳边喧嚣的噪音也没有那么刺耳，灯是柔和的，风是温暖的。

他暂时没有精力去追究这种心情到底是为什么，只是希望这个当下可以持续得久一些。

看到男神额前滚落到脸庞上的汗珠，夏未来关掉了吹风机。

"后背出汗了吗？"

额前还有余温，可刚才所有的旖旎心思在片刻间全被收走。南森心里有些说不出的怅然若失。他虚弱地点头，虽少了几许坚定但又比往日多了些水色的眼睛，认真地望向夏未来："感觉轻松一些。"

"那你回房间躺着吧。捂好被子再睡一觉，再出一身汗就好了。"夏未来解开了刚才金杯打的结，重新替他把被子围成不影响走路的形状。看着乖乖坐着任由她摆布的南森，夏未来觉得，这一刻自己全身上下的母爱细胞在泛滥。

这种结果是，她很顺便地捂上了南森的额头……

捂上了，南森的，额头。

夏未来！你趁着南森生病的时候，居然敢染指他了吗！

她瞪大眼睛，看到自己的手还搭在南森的额头上，整个人惊得跳了一下。她把刚才触犯了男神的手背在身后，故作镇定地说："好像没那么烧了。"

天知道男神到底是不是没那么烧了。

她又没有温度做对比。

南森眨了眨眼睛，愣怔地看着退开自己两步远的夏未来，似乎还在回味刚才弹指间的温柔。

为什么要一直盯着她？

下次她一定不敢随意冒犯男神的！她会管好自己的手！

他的眼睛这会儿像是山涧清泉，清澈透底，好像对人不设防备。夏未来轻声说："你再去躺一会儿吧，等多出些汗再出来，好不好？"

南森闻言，认真地点了几下头。

"白粥大概已经好了，我从家里带了一些泡菜下来。怕你嘴里淡，等下喝粥的时候可以配些泡菜吃。"

"嗯，今天谢谢你。"

"没什么。"她扶起南森，把他送到房间门口，"那你好好休息。"

男神今天乖得像个小孩，她要是再待下去，一定会管不住自己的手。

Chapter.9 ——

二十八年来，前所未有的
喜欢

自从上周末在 1102，偶遇夏未来之后，金杯深刻反省自己对南森的关注还是太少了。老大和夏老师都发展到了互相串门见家长的地步，身为大学室友兼南森好朋友的他却一点都不知道！

不开心！

老大单身这么多年，好吧，虽然他自己也是一样的情况，但他会看言情小说啊。自觉用小说，成功弥补了关键性短板的金杯，认为自己肯定能成为，老大爱情路上的指路明灯。

如果不时刻了解老大的进度，怎么能在以后需要他的时候，及时地给出指导意见呢？

所以，南森又发现猩哥在作妖了。

　　最近猩哥特别喜欢下班之后跟着自己回家，还对隔三岔五下楼来的陈栎特别感兴趣。

　　傻子都知道猩哥是什么意思了。

　　只是他感觉自己似乎也不反对猩哥的猜测，于是就干脆坐在旁边看书，让爱操心的金杯教陈栎，放任金杯围着陈栎天南海北地侃着，中间还不留痕迹地打听着夏未来的事情。

　　而当事人南森，安静得像是在关注其他事情，听他们有一搭没一搭地聊着。

　　当陈栎带下楼的夜宵从两人份变成三人份的时候，金杯也成功和陈大力打好关系，顺利地在陈栎邀请南森明天去夏家吃饭的时候，加上了自己。

　　夏未来和陈栎一起从学校回到家，就看到饭桌上出现了一位显眼的新客人。她的目光在南森和金杯之间来回游离了一下。

　　前几天陈大力从楼下回来的时候，就对自己说，最近南森家住了一个体型彪硕的大汉，电脑技术也是大神级。听到那个形容词的时候，夏未来就知道是谁了，不由得感慨自己真是神预言。

　　小杯杯终于和男神同居了。

　　这个认知让夏未来心里还是有些泛酸，大概和自家长得青葱欲滴的大白菜被猪拱了的滋味差不多。

　　不过，当天晚上，夏未来还是和贱宋在 QQ 上，很污地讨论了一下，两个人和谐生活中的某些细节问题。

"夏老师是教英语的吧？"

肚子填饱了七八分，金杯总算想起，今天自己来是有比蹭饭更重要的事情要做。

坐在南森对面的夏未来点了下头，心里已经做好了些准备。

她经常被人这样子提问，大部分人问完之后，都不出所料地让自己帮忙翻译东西。不管是哪方面的材料，专业性到底有多强，似乎大家认为过了专业八级的人，就能不靠字典承包所有翻译。

"夏老师能不能帮我纠正一下英语口音呀？之前，有几家国外的公司找我们合作，我发音太差了，都不好意思开口。"

"我能求你让我帮你翻译吗！"

虽然计算机方面属于科技英语，专业名词多得让她觉得这是另一种没学过的语言。但比起纠正发音，那些就根本不算什么了！

毕竟翻译只要一点时间就好，不用花费太多精力。

还没等夏未来委婉拒绝，总是在关键时候掉链子的夏妈妈，成功坑了一把女儿："这才多大点事儿！小杯，你别客气。"

呵呵呵，太后一点都不知道，这是一件多大的事情。

小时候在自己都不知道的情况下，有被妈妈们送出去自己喜爱的东西吗？

对，夏未来现在就是那种心情。

在夏妈妈看来，这是小事一桩，但是夏未来的心里就是堵得慌。

夏未来伸长手，给自己妈妈孝顺地夹了一筷子菜。

"妈妈，别说话，多吃菜！"

然后，她把视线投向南森，努力让自己用眼睛说话，传达出"男神，快点管管你家男人"的意思。

在金杯说要纠正口音时，南森就知道他在打什么主意了。

不过都能想出这个办法，他能情真意切地体会到，猩哥想要帮忙的心到底有多真诚了。

因为猩哥可是考了五次才过英语四级的人。

当年每拿一次成绩单，猩哥就对着不到 300 的分数哭一次，自己怎么就生活在改革开放的新中国。

接收到了夏未来的为难，南森放下碗筷，也想阻止猩哥，让他不要为难自己："太麻烦夏老师了，我给他请个家教就好。"

请不请这事儿再另说。

大概等下走出这个门，脑子清醒过来的猩哥，就会后悔现在说的话了。

"可不是熟人，我不敢开口说。"这是在心里恨铁不成钢，觉得自己一腔心血都在做无用功的金杯。

果然还是得靠我，看看老大，现在还把人往外推！什么时候才能培养感情！

猩哥就是个猪队友，专业拆台二十年。

南森哭笑不得，只能退而求其次地说："那要么，就麻烦夏老师帮他找一些教学视频。"

一旁的猩哥还想开口说什么，在他凛冽的一记眼神下，快快地闭上了嘴。

南森很想扶额，按猩哥在英语方面的资质和懒散程度，真要是请夏未来教他，除了浪费夏未来的时间，很大程度上也是在折磨他自己。

偏偏这么多年，他知道，猩哥最不会见好就收，更何况现在猩哥还一心扑在，如何给夏未来和自己制造相处机会上。

相处机会。

南森承认自己对夏未来有不能确定的感情。

他从来不会这么在意一个人，也不会时刻关注一个人的微博动态。

他知道自己答应教陈栎，是因为陈栎是她的表弟，答应夏阿姨的邀请，也是因为这是夏未来的家。甚至当初送陌生的夏阿姨上楼，陪她聊天，也是因为泰迪狗眼熟，他猜到了这位阿姨和夏未来的关系。

他从不会勉强自己，也不会无缘故迁就一个人，更不会因为一个人，而左右了那么多决定。

只是，他不清楚这样子的感觉，是不是所谓的喜欢，是单纯地觉得她可爱，还是因为喜欢才觉得她是个有趣的人。

"那我先给你找些音频吧，你先跟着读，读多了发音自然会改过来的。"

人与人之间的待遇就是这么不公平。

男神一发话，夏未来就立马多云转晴，兴高采烈地盘算着等下给猩哥找些什么视频。

"你喜欢美式英语还是英式英语？"夏未来问。

"英式。"猩哥顿时没有半点热情，然而还是回答了。

前段时间他被宋瑾安利了一部英剧——《神探夏洛克》。在宋瑾看来，这部闻名全球的大英腐剧十分适合猩哥。

从此金杯迷上了夏洛克这个谜一般的男子，并且作为一个英语渣，喜欢上了伦敦腔。宋瑾觉得金杯的反应，非常合乎自己的预设，于是推荐了更多的 BL 迷你剧。

夏未来点头表示明白。

牺牲自己学英语是为了增加老大和夏老师的见面时间，又不是真的要靠音频学英语。

故事发展和自己安排的走向完全不一样，其中，唯一的破坏因子还是自己想要神助攻的老大。

金杯有点沮丧，他斜了南森一眼，看来以后，要多给老大买点追女朋友方面的攻略看。这么想着，他又恢复了气力，不客气地添了一碗饭。

没有达成助攻成就，只能多吃点饭菜安慰下自己。

南森没有管突然之间又斗志昂扬的猩哥，反正自己是不会明白他异于常人的脑回路的。南森又回答了夏阿姨的一些问题，顺便再次夸奖了夏阿姨的手艺，最后带着已经扫完所有碗底，撑得直打饱嗝的猩哥准备回家。

　　再带这个自来熟来几次夏家，估计以后自己就得想办法，让夏阿姨接受伙食费了。

　　给夏未来留了邮箱，金杯揉着肚子意犹未尽地跟着南森离开了。

　　第二天晚上，夏未来找了一堆英式发音规则的教学视频，和BBC的慢速音频。为了对得起男神的嘱托，夏未来就金杯喜欢看小说的特点，又在国外的原创文学网上找了几个中篇的言情小说，照着原文故事录成音频。最后把所有材料都重命名，标了先后顺序，在邮件正文洋洋洒洒地写下练口语的方法，一块给金杯发了过去。

　　算是对得起男神的嘱托了，她对学生都没有准备的这么用心过！

　　希望他能看在言情小说的份上，有兴趣多听几次，才不枉费自己花了一天的时间来整理这些材料。

　　为了物尽其用，高一7班的学生在这个晚上收到了来自夏未来的学习材料。夏未来在邮件里先不露痕迹地宣扬了一下自己为了准备这份材料花了多少时间，找了多少网站。结尾处又以退为进说大家自愿学习。感动于自家班主任的用心良苦的全体学生，在之后的早读课上，自发自觉地接受英音洗脑。

　　听到全体学生朗读课文的时候，都不自觉采用英式发音，夏未来终于满足了。

　　而知道真相的陈栎同学，也在这个月中，把带下楼的夜宵，减少了三分之一的分量。

　　南森正对着电脑处理自己这几天落下来的工作，桌上放着一杯咖啡提神，他用手按了几下眼部穴位，正好右下角出现有新邮件提醒，点开之后才知道是夏未来发给金杯的英语资料，被猩哥转发到他这里来了。

　　他仔细地看了邮件里夏未来在键盘上一字一句敲出来的学习计划，大概是为了照顾猩哥薄弱的底子和浅显的理解能力，她写得特别细致全面，重点分明循序渐进。照着邮件里写的，南森打开了她录的音频。

　　夜凉如水，夏未来的声音从电脑里传出来，为这凉薄的夜色平添了一份温度。南森推开椅子，望着小区外的星星灯火，黑瞳像是冬日结冰的湖面，暗流涌动全都藏在这双眸子之下，让人看不出深浅。

　　音频有点失真，和她平时的音色虽然不同，却能让他轻而易举地勾勒出一幅清晰的图像。她拿着手机对着稿子一丝不苟地录音，或许中间会卡壳，皱着眉头删除音频，深吸一口气再继续重录。

　　原来之前所有关于她的记忆全都一丝不苟地存在脑海深处，然后凝结成他认知里的一个个夏未来。等到自己在想念她的时候，所有个性迥异的夏未来又变成眼前这个生动的人。

　　南森的心底变得潮湿又柔软。

　　他摸着自己的心跳，闷声笑了几声，眼里是外面的千家灯火，嘴角流露出细致的温暖。

　　在夏未来的声音里，他终于知道，自己是喜欢她的。

　　二十八年来，独一份。

　　前所未有的喜欢。

Chapter.10 ——
这不是以前，他会出现的
心情

　　"老大这两天一直戴着耳机在听歌，都不理杯杯了。有图有真相。[委屈]"

　　这是金杯悄无声息地打开了南森办公室的门，用手机透过门缝拍的一张老大戴着耳机的照片，然后发到了朋友圈。

　　虽然最近金杯一看完小说，就去找志同道合的小伙伴宋瑾，分享读后感了。但金杯认为，自己心目中最佳听众的位置，是留给那么多年无怨无悔，听他重述故事的老大的。

　　虽然，这个位置，南森一定不会想要。

　　为了让南森感受到自己就算有新伙伴，也不会对他减少关注的爱意，金杯这周又开始频繁地出入南森办公室，准备和老大一诉真情。然而，一腔热血全被戴着耳机的南森，给打回去了。

难道老大是找到了特别喜欢的歌？要不然以前也没见过他有这么喜欢戴耳机。

老大喜欢的，都是高格调的。

坚信这一原则不动摇的金杯，为了和南森保持同一水平线的品位，决定去听一下南森最近在听的歌。

南森在余光中看到自己办公室的门被打开，抬头发现金杯在努力吸气收腹，从微微打开的门缝中挤了进来，转身合上门后又踮着脚，身姿轻巧地向他走来，却并不想让他发现。

他用右手按了一下自己的太阳穴，垂眸闭眼，再也不想看到这个蠢货一秒。

这么些年，他都感觉自己快成为关爱智障成长协会的荣誉会长了。可被关爱的对象还是十年如一日的单蠢天真，也是不容易。

"老大，你在听什么歌？"给杯杯听一听啊。

自从上次被教训过之后，金杯就不敢在南森面前自称"杯杯"了。他蹲在南森的位置旁边，趁着他闭眼的工夫，手脚麻利地拔掉了耳机的插线，电脑里的声音瞬间公放出来，充斥着整个安静的空间。

并不是他之前猜的老大在听歌，而是一个轻柔的女声在朗读英语。

仔细听，还有点耳熟。

"这是夏老师的声音？"

南森拿掉耳机，并没有被别人发现自己在循环听音频的窘迫，他暂时关掉音频，觉得当务之急是教育一下猩哥，让他知道什么叫作，别人的东西不能随便乱动。

　　"我真的很想给你一个假期。"

　　然而，你却不想要。

　　金杯再一次成功听出南森的潜台词："老大……"

　　就算知道老大没说出口的话那又怎样？关注老大情感动向，其他都不重要的金杯在这一刻就想问下南森，这几天是不是一直在循环这个？为什么这么喜欢听夏老师的声音。

　　似乎看出了金杯的问题，南森轻启薄唇。

　　"嗯，我喜欢她。"

　　下班之后，南森就被堵在办公室门口的金杯，拉到了市中心的商场去买衣服。

　　从来没有谈过恋爱的老大会喜欢人了！内心细腻的金杯差一点喜极而泣，好想打电话给另外一位，"操心南森感情归宿委员会"的委员南妈妈——我们家老大开窍了。

　　为了让南森成功追到夏老师，金·狗头军师·杯迅速进入状态，回想自己之前看过的所有小说，他对南森说："投其所好最重要。"

　　所以，首先要从外表上改变成夏老师的那一款。

　　南森想到夏未来之前发的微博，如果真按照她微博上说的，那自己的外貌应该是过关了。不由得第一次在心底感谢父母，把他生成这副模样。

只是他大概能猜到夏未来不想被身边的人知道"菠萝"的账号就是她的微博，所以也没暴露给猩哥，任由金杯就像现在这样，借着给他买衣服的名义，在各大男装店里面挑着自己的衣服。

就当是提前演练以后陪女朋友逛街的场景。

于是南森坐在沙发上悠闲地翻着杂志，而本来作为陪客的金杯，反倒是忙碌地在更衣室里，进进出出试穿衣服。

"老大，看我穿这件衣服怎么样？"

夏未来放了学就被宋瑾叫出来逛商场，她爸爸过两天生日，宋瑾想用自己做家教赚的钱给爸爸买一身衣服。

她和宋瑾刚从一家男装店出来准备继续逛，就听到对面店里传来一道熟悉的声音。

还是原来的称呼，还是熟悉的语气！两人对视一眼，一直关心这对感情进度的宋瑾立马拉着夏未来朝着对面男装店走去。

果然是一手抱着一堆衣服，站在镜子前臭美的小杯杯呀！

夏未来立马四处观望了一遍，终于看到不远处在沙发上坐着的南森。他左手撑在沙发一侧的扶手上，拄着头无聊地翻看着店家供给顾客看的杂志。

南森简直是中国好男友的不二人选，都出来陪着男朋友逛街来了。照金杯手上那一堆衣服来看，他等的时间应该还不短。

金杯在镜子里顾影自怜，刚好从镜子里看到了身后的夏未来和宋瑾，出来买衣服就是为了夏老师啊！真是想什么就来什么。

刚还在纠结夏老师喜欢男人穿什么风格的衣服，这下现成的人都来了。金杯立马热情地转过身："夏老师，小宋宋！"

什么时候变得这么熟了？

夏未来听到"小宋宋"的时候，立马回头带着疑问看向宋瑾。

已经和金杯在小说资源共享中，产生了革命友谊的宋瑾，回了她一个"等下和你说"的眼神。

金杯在她们两个眉来眼去的同时，招呼自己老大过来。

"你们是出来买衣服？"夏未来抬手对南森打了个招呼。

"是啊，给老大买衣服。"

那为什么她们看到的不是南森在试衣服？亏不亏心！

但是，这个理由还是给她们单身妹纸的心里，造成了点伤害。秀恩爱的气息扑面而来，虽然身边有宋瑾陪着，但就是没有理由地觉得她们两个好可怜。

夏未来好想离，这对秀恩爱还不自知的男人，远一点！

金杯把手里的一堆衣服还给营业员，低着声音对夏未来说了一个不走心的借口："老大他没什么眼光，选的衣服都不好看，夏老师你帮他选几身吧。"

本来就是让老大穿给夏未来看的，现在人都来了，自然是要按她的眼光来选。

金杯觉得自己有先见之明，毕竟这么多年小说不是白看的！又能给南森和夏未来制造些机会，又能直接摸准夏老师对于男装的偏好！

夏未来观察着金杯贬低了男神的品位，还一脸沾沾自喜的样子，心里升起滔天怒火。

反了天了！男神就算套个麻袋都能帅得引领时尚新潮流，你有什么脸说他不好看！一定是我男神平时太惯着你了！

她有心要为男神反驳几句，然而金杯根本不给她机会，拉着宋瑾往收银台走去。

"他就这么放心地让我帮你挑衣服？"

这是对男神的性取向有信心，还是对她有信心？不提高点警惕，万一男神以后真的被挖墙脚了，看他去哪里哭。

夏未来不禁为金杯担起心来。

南森挑高了眉峰，为什么还要关心金杯放不放心？不过也不能不理会夏未来抛出的问题："大概他觉得自己的眼光比我好不到哪里去。"

虽然刚才金杯特地压低了声音，但还是被他听到了，金杯在夏未来面前抹黑他的事实。南森在心里记上一笔，准备以后再让猩哥明白，背后不要轻易说人坏话。

夏未来耸了耸肩。男性的谜之审美啊，就算不是直男也拯救不了。索性也没再去管金杯的心思，自觉在衣架上为南森挑选衣服。

之前经常在知乎上看到别人在发，为男朋友搭配衣服的教程，夏未来虽然没男朋友，但她有弟弟啊。所以每次也都点进去认真看完，只是现在居然先运用在南森身上了。

夏未来一边回想着知乎上的帖子，一边有点小窃喜。

虽然男神不喜欢女人，但她还是有想象一下的权利呀。

再说，为男神的美貌添砖加瓦的机会，不是每个人都可以有的。

南森跟着她从每个架子前走过，默不作声地看着夏未来挑出衣服，转过身放在他身前比画。她退后半步，大致地看一眼，想象衣服真正穿上身的效果。

被夏未来如此来回观察的南森心里有些微微紧张，确定心意后的他，在她的面前居然也有些不自信起来。

这不是以前在她面前，他会出现的心情。

因为气氛静谧得太美好，偶尔的眼神交汇，像是他和她已经交往了很久，彼此默契十足的样子。两个人之间并不需要说些什么，情愫流转得悄然无声，让他想开口问一句，你愿不愿意接受我做你的男朋友。

可他不确定。

不确定夏未来是不是真的喜欢自己。

为什么转发了一个月的锦鲤，希望能够再次遇见他。可是再遇之后就没有动静了。

为什么早起晨跑了几天，就再也不牵着她家的狗去河堤上跑步了。

为什么在微博上说得那么坦然大方，可是面对面却没流露出半点对他的喜欢。

计算机的世界其实很简单，二进制语言和代码都有规则可循。可他一点都看不懂夏未来的情绪，连她到底是不是认真的都看不透。

"你穿多大码？"

"185。"

"喜欢穿浅色吗？"

"可以。"

"接受格子衬衫吗？"

"嗯。"

"粉色衣服呢？"

"不喜欢。"

"能把裤脚卷上来吗？"

南森一直觉得，以他的审美来说，卷裤脚真的是件很娘的事情。只是看到夏未来期待的眼神，他还是抿紧嘴角，艰难地点了个头。

"卷裤腿很时髦啊！"

夏未来觉得自己可以就南森刚才的反应，再次和宋瑾肯定一下她们之前的判断。她男神的审美，妥妥的就是一个直男。大概是传说中他们圈里面很受欢迎的直男攻。

等到南森换好夏未来选的衣服从试衣间里出来之后，金杯瞄准时机和宋瑾一起回来了。

"老大，你变了！"金杯瘪着嘴，委屈地指控南森。

你居然会卷裤腿！之前他卷裤腿去上班的时候，南森鄙夷的眼光一点都不委婉！

南森想起年初还是倒春寒的某一天，猩哥喜气洋洋地站在他面前，让他看那天自己有什么不同。他随意地扫了一眼，能有什么不同？还不是百十来斤的分量，黑得很有个人特色的黑眼圈？

金杯接受不了自己老大这么敷衍地回答，逼着南森再观察一遍。

等到他从上到下仔细检查猩哥，才发现，光秃秃的脚脖子露在外面。外面大家都还在穿羽绒服，猩哥已经凭着自己彪悍的体格露脚踝了。

发现老大注意到自己精心打扮的细节之后，金杯扬扬得意地告诉南森说这是今年最流行的打扮。男女老少都可以这么穿！时尚！洋气！

可是，在当时那个大环境之下，南森只觉得猩哥充其量是个洋气的傻逼。

猩哥没有得到应有的赞美声，垂头丧气离开了。老大这种人全靠脸，根本不用懂每一年的流行因素。

这么想着，他又有动力去找其他人秀他的卷裤腿了。

南森在金杯离开之后，想了想还是用手机点开猩哥的 QQ 对话框，第一次发了一个口令红包"春捂秋冻，谨防感冒"，里面的钱就给猩哥拿去多买几双袜子。

爱情的力量可以改变一个人的审美吗？

单身狗金杯表示看再多小说，他也不太懂恋爱的魔力。但说句实在话，这么穿的老大，帅气指数又噌噌噌往上涨了。

夏未来有点好奇，刚才金杯的指控到底是什么意思。

然而，金杯本来要开口继续说的话，被扼杀到南森凛冽的眼神里。

商场里的冷气开得很足，南森露出自己的脚踝，有些凉飕飕，顶着周围一圈人的眼光，他一点都不习惯。

一直在不远处注意这拨人的营业员，收起自己惊艳的目光："小姐，你男朋友穿这套衣服很帅气啊。其他几套也一起打包吗？"

夏未来慌张地看了一眼南森，又瞄了一眼金杯，还好大家都没有什么不高兴的神色。她立即开口解释，但被金杯打断了："这些全打包！老大快去换衣服，我拿单子刷卡！"

看来他们似乎都没有把服务员的话放在心上，夏未来也就没有再刻意去解释。

谁知道南森扭头看向自己："你觉得怎么样？"

他双手随意地插在兜里，款款落落地站在那儿，气场强大又不张扬，目光如水盛着夏未来的身影，让人千万个不想移开视线。

夏未来想，古代的美人计大抵是真的有用，因为此时她的眼里满满当当全是南森，再也注意不到周遭任何东西。

她想点头，可要是自己回答这个问题了，在别人眼里，就真的成了南森的家属。

于是夏未来掐了一下贱宋的手臂，还好多年默契没有白培养。宋瑾立马回答："男神，这套衣服很赞啊。"

"哦，谢谢。"南森还是看向夏未来，过了几秒才收回目光，跟营业员说，"开单吧。"

转身进试衣间换衣服。

趁着两个人都不在，宋瑾戏谑地看着夏未来，问她感觉如何。好歹这也算当了一次男神的绯闻女友。

夏未来翻了一个白眼，就拿出手机登录 QQ，刚好看到群里有人 @ 她。

这个群是她们追星的粉丝群。人数虽然才几十人，但大家都是追星年份已久，志同道合三观一致的小伙伴。和宋瑾就是在这个群里面熟悉起来的。

切慕："@ 未来来，快出来接旨，组织交代你一个任务。"

全全全是你："@ 未来来，养病一日，用兵一时，需要你的时刻到了。"

未来来："三全你的手癌什么时候能好？"

全全全是你："别在意细节！我们家五只不是世巡回天朝了吗。群里大家想要做个视频送给他们。我最近考试没时间。"

全全全是你，是她们群的技术帝，平时包了所有后期的技术问题。

切慕："然而，我们群辣么有格调，所以视频也不能粗制滥造。以前听你说过你弟弟会做视频。"

吾皇："所以这个名留千史的机会，就让给你了。"

未来来："为什么不让贱宋做？她计算机系的啊。"

贱宋："再说一次，计算机系不等于会做视频会修电脑丢拉网线。

哼！"

切慕："月底见成果！"

然后大土豪吾皇在群里发了一个口令红包"按时上交视频，保证完成任务"。其他人都默契地没有领红包。

夏未来也不屑领！富贵不能淫，威武不能屈的骨气她还是有的。

吾皇："来来，我包了一个大红包在里面！"

土豪说大，那是真的大。下一秒，群窗口里就多出了一条消息——

未来来："按时上交视频，保证完成任务。"

吾皇："我私聊，发你视频的文案和要求。"

夏未来看到自己领完的 88 元红包，和吾皇发过来的要求，总觉得自己还是亏了。

她看到了从试衣间里出来的南森，用目光送他去柜台之后，又灰心丧气地对宋瑾说："我有点不相信陈大力的技术。"

"你是不是傻，这不是现成的有人选吗？"贱宋以身高优势，搭着夏未来的肩，"你男神是开 IT 公司的业界大神好吗？人家做这个东西肯定是专业的！"

请南森帮忙做视频？有点拉低男神的档次啊。

不过贱宋倒是提醒了夏未来，这里还有一个金杯啊。小胖子看上去脾气就好，一定是个热于助人的小胖子。

等两个人都回来的时候，夏未来问金杯："你会做视频吗？"

　　"视频？"需要我神助攻的时机又来了！金杯的脑子里第一时间闪过这行大字！他转了一圈眼珠，"会啊，你要做视频吗？"

　　夏未来干笑了几声："是啊，我学生想做个视频送给偶像，问我能不能帮她。"

　　要是被他们知道自己这么大还会花痴偶像，在追星事业上坚持不舍，肯定会觉得自己幼稚的。为人师表的夏未来赶紧拿自己的学生做借口。

　　"让我老大做吧，他比我厉害！"金杯意味深长地拍了拍南森的肩膀，示意老大一定不要辜负自己，"做出来的视频就算是拿去参赛，也可以直接拿奖。"

　　于是，时刻为自己老大创造机会的金杯，又成功帮南森揽了一个人情。

Chapter.11 ——

夏未来, 这辈子就这样
看着我吧

夏未来是在三天后的早上, 发现微博粉丝数已经迈过了五万大关。
看来自己真的要在网红这条路上越走越远了。

然而这不是重点。

重点是南森做的视频, 在微博上走红了。

那天南森答应之后, 夏未来迅速借机加了南森的 QQ。

回到家后, 夏未来喜滋滋地在 QQ 上给他独自建了一个分组, 然后
发过去一堆视频需要的素材和要求, 体贴地说视频不着急要, 男神慢慢
来。

开玩笑, 男神屈尊降贵地愿意来帮忙就很惊喜了, 怎么还能有时间
限定。可是, 第二天晚上南森就发视频回来了。

夏未来也没想到南森这么快就看完所有的素材,毕竟文件夹里有几十个短视频。她静下心看了一遍,红着眼睛把视频传到了群里。果不其然,平地一声惊雷起,炸出了全部人。

吾皇:"背景乐明明是我们选的,素材明明是我们找的,文案明明是我们写的,为什么我觉得那么高大上!感人!@未来来,我要给你发奖金!"

全全全是你:"卧槽,这是谁做的!我要拜师!之前我做的全是渣渣。"

乐柒:"看过那么多粉丝自制的视频,从来没有被感动的眼泪与鼻涕齐飞。"

切慕:"群里的白富美赶紧用美貌诱惑@未来来的弟弟进群好吗?这种人才不能放过。"

贱宋:"来来,我去拜师,你觉得男神会收我吗?"

看到大家的反应,夏未来又满意地把视频发到微博上。没@关于偶像组合的任何官方蓝 V。她把微博 ID 改成了"我是男神脑残粉",用来致意对南森更加汹涌澎湃的爱慕之情。

我是男神脑残粉:"这是男神帮忙做的视频,今天男神在我心里两米八!顺便,偶像终于合体要回内地开演唱会了!到时候大家约起来看内场好吗!"[附视频]

早上一醒来,夏未来眼睛都没能完全打开,眯着眼打开电脑,想看大家对于昨晚那条微博的评论，却意外看到了偶像团体里的五只，都用个人账号转发了她的微博，连经纪公司也掺了一脚，高度表扬了制作者的才华。

也许她是真的最近对南森鬼迷心窍，第一反应居然是"没错，我男神就是这么牛"，然后才是被偶像翻牌转发微博的激动心情。

夏未来反应慢半拍地捧着电脑扑到床上，裹着被子翻来滚去，笑声由低及高，在房间里面环绕。她的偶像高冷得连微博都很少发，更别说是转发粉丝的微博了！可这个视频真的很棒，比经纪公司自己的宣传广告都要精致。

这么想着，心里又感谢了南森千万遍。

因为笑得手发软，于是"啪嗒"一声，笔记本掉到了地上。

捡起电脑，已经是黑屏开不了机的状态。

"我天！"

偶像破天荒地转发自己微博，她还没来得及多看几遍！

自己这么多年辛苦搜集的资源全都在这台电脑里！

最重要的是，她申请职称要交的论文，也在电脑上。而且，没有备份！

还让不让人有头有尾地高兴一场了？

她郁闷地爬下床，打开房门，冲着陈栎的房间大吼："陈大力，我电脑坏了！快来！"

然而，没有回声。

夏未来三两步就走到陈栎的房门外，打开门发现里面被子叠得整整齐齐。

人呢？

目光一转，她看到自己房门上贴着一张便笺。

陈大力出门去比赛了，晚上回来。夏妈妈带着啦啦出去见朋友了，也是晚上回来。

夏未来郁闷地双手抱头，胡乱地拨弄着自己的头发。

还有谁能来拯救她。

好吧，关键时刻，男神的身影总会在夏未来的脑海里乘着七彩祥云出现。

迅速地换了身衣服，夏未来抱着电脑准备下楼找南森看看。虽然他不一定会修，但总比自己一个门外汉懂一些吧。

出门前，她给南森发了条 QQ 信息："南森？在吗？我电脑摔得开不起机了，你能解决吗？"

"我在家。你来吧。"

其实，收到这条回复的时候，夏未来已经站在了南森家门口，手里还拿着一包吐司和两盒牛奶，以便聊表谢意。虽然这个点了，可能都吃过早饭了。

为了显得矜持一点，夏未来特意在 1102 门口站了一下，企图制造点时间差。这时，对面那户人家正好打开门，走出来一位老阿姨。

"姑娘，这家小伙子是你男朋友吧？哎哟，小后生长得一表人才，老帅老帅的啦。他看上去脾气很好的吧？上次还帮我带垃圾下楼，老有礼貌了……"

阿姨不仅语速快，肺活量也非常大，以至于夏未来根本找不到一个空隙打断她，澄清一下事实。

"阿姨……"

"小姑娘，不用害羞的啦。哈哈哈，下次再来串门哈，阿姨先出门了。"

"……"

这位阿姨，也许你听说过安利。

夏未来被阿姨说得一脸迷茫，呆愣地目送对门阿姨进电梯间之后，她才按下南森家的门铃。

"早上好啊。吃早饭了吗？"

南森打开门，就看到夏未来站在门口，歪着头，还腾出一只手朝他挥了挥手。刘海翘出一撮呆毛让他很想伸手去抚平。

熬夜到凌晨的他，似乎从混沌的脑子里一下子就确定，今天自己的心情，应该会很不错。

其实这个时候也不是很早了。

夏未来觉得自己以后还要找机会，大早上的就来找南森。他穿着一身松垮宽松的家居服，慵懒地斜靠在门口，不似之前看的严谨样子。可能是刚洗完脸，南森额前的碎发被水打湿，显得性感诱人。

这样子的南森，请再给她来几打。

她努力睁大眼睛，想多看几眼如此貌美的男神。能多几眼都是赚！

"早安。"

南森手里还拿着毛巾，一边擦前额垂下来的湿发，一边敞开门。

昨天也不知道是搭错了哪根筋，他居然点开了猩哥传过来的一个word，首先映入眼帘的是一行大写加粗的字"女生喜欢的撩妹技巧"，还附加几本言情小说。据猩哥说，word里面的知识要点配着小说里的实例分析，才能融会贯通。

南森一直看到早上天蒙蒙亮才休息。不过现在看来自己熬夜还是有点作用的。

他满意地看到夏未来眼中一闪而过的惊艳，站在靠墙一侧，邀请夏未来进屋："我还没吃，要一起吃吗？"

万一进去，看到金杯穿着睡衣出来，她肯定能捂着破碎的小心灵，脑补出一部"神剧"来。

咦，好污，不能再放任自己的思绪自由飞翔了。

夏未来摇手拒绝："我等下回家吃。给你们带了东西下来。"说完，把左手的牛奶面包塞给他。

嗯，没点付出怎么心安理得让男神帮忙呢。

"啊，对，我电脑。"美色当前，差点就忘了正事。夏未来递过电脑包，"早上摔在地上，就开不起机了。"

想到熬了好多个晚上才写出来的论文，她无比懊恼自己的不小心。

"能修好吗？"眨巴着眼睛，因为身高差的关系，她仰头，更显得眼神无辜可怜。

是真的陷进去了。南森想。

眼前这个他喜欢的女人，此时此刻，心无旁骛地望着自己，让他前所未有的兵荒马乱。

他从没想过有一天他会为一个人慌张、心动，甚至一度以为余下的一生里，兴趣所在大概只会在程序世界里。

然而，夏未来的出现，打乱了所有的预想。

有生以来第一次觉得，这样子缱绻的目光，对自己来说是种危险。

人是天生的趋利避害。

所以他知道，自己该别开头错开视线，或者干脆捂住她的眼睛，让她不要这么看着，否则这辈子都会沉溺在这双眸子里，不愿意逃出。

可是他感觉自己提不起半点力气，去做个扭头的小动作。

他清楚地听到，心里有个声音在说，夏未来，这辈子就这样看着我吧。

"大概是硬盘坏了。我这里刚好有新硬盘，等下换上就好了。"

"那我电脑里的资料呢？还有吗？"

夏未来记得之前伍声有次是移动硬盘坏掉了，存在硬盘里的资料全都没有了。但是真的舍不得自己的论文，和存在电脑里的那么多资源。所以，虽然知道自己有点得寸进尺，但还是不死心地问一句。

大概是之前真的没抱希望，等听到肯定的回答之后，她有点忘乎所以地搭上南森的手腕，由衷地感慨："哇，你好棒！"

……

为什么她的手会这么地不矜持！

她说她真的不是故意揩油，男神会信吗？

"哈哈哈哈哈，那我……先上楼了。哈哈，我回去了。"也不敢看男神脸上的表情，夏未来扭头就走，还不忘用右手重重地拍了下刚才大胆摸男神的左手。

嗷，力气重了，有点疼。

然而，几分钟之后，1102 的门铃又被按响。

夏未来站在刚才的位置，低落着脑袋。看到门开了，她抬起头，哭丧着脸对南森说："我忘带钥匙了，家里人今天不在家……"能不能先来你家待着？

点背的时候，喝凉水都塞牙缝。她以为自己还能去投奔下贱宋的，没想到贱宋昨晚就回自己家了。

"嗯？金杯还没起吗？"

得到南森点头答应之后，夏未来进到屋子里，环视一眼安静的四周。茶几上放着已经被卸掉零件的电脑，旁边是已经拆开的牛奶和面包。看来刚才南森就开始帮她修电脑。要是金杯起来了，一定不是这个安静的气氛！

"金杯？他不住这里。"南森跟在夏未来的身后，请她坐在沙发上。

大概是因为前段时间金杯来他家来得太过频繁，所以才造成这样子的误会吧。南森稍微说明了一下便不再开口，不想让夏未来和他的对话局限在金杯身上。

不觉得猩哥的存在感太强了吗？

那为什么之前陈栎说你们同居了？

夏未来压根就忘记，之前陈栎只是说"最近经常在森哥家里碰到金杯"，同居什么的都是她自己脑补出来的。

既然金杯不在，夏未来摸着饿扁了的肚子，不客气地拿起另一罐牛奶，眼睛却看向南森的反方向："我能喝牛奶吗？"

明明是自己的牛奶，为什么就是这么心虚呢！

南森抿了抿唇，接过她手里的牛奶："我帮你拿去加热一下。"不等夏未来答应，就转身朝厨房走去。

夏未来不知道的是，他一转身，嘴上的弧度就开始慢慢上扬。等到进了厨房，就开始低沉地笑了起来。

实在是从刚才门口开始，他就觉得毫无底气，却又假装强势的夏未来特别可爱。从来不会有谁能像她一样，做什么都能让自己的心像是要化掉。

南森出来的时候，远远看到夏未来听到他的脚步声之后，速度极快地把盘在沙发上的腿安分地放好，身板挺直，恢复成淑女坐姿，不由得让他又是一阵轻笑。

夏未来正襟危坐，捧着他热好的牛奶，坐在一边乖巧地看着南森。

看一眼，喝一口，牛奶的醇香经过牙齿，滑过舌头，好像男神的美色也化成味觉被她吞入口中。

他低垂着眼皮，聚精会神地拿胶水粘着电脑里面的零部件，电脑摔在地上不但摔坏了硬盘，连里面的一些小零件也摔断了。

完蛋，她以后的不正常癖好，一定会多一个看手指好看的人修东西。因为光线从玻璃窗外照进来，打在他的手上，衬得骨节分明的手指更加白皙剔透。

幸亏摔了自己的电脑。

夏未来的心里，居然涌出这个念想。

似乎是感受到了一道灼热的目光，南森无意中抬头往这边看了一眼。

夏未来反应过来立马叼着吸管，转身冲着阳台，假装一直在看窗外的风景。因为幅度太大，整个上半身保持着一个别扭的姿势。没一会儿，腰就有点酸了。

她小心翼翼地斜着眼睛往另一边瞄，看到南森重新专注于修电脑中，才敢慢慢摆正身体，搂过旁边的抱枕，换个舒服的姿势，继续盯着南森看。

侧脸的弧度有些刚毅，薄唇因为手上仔细地粘着东西而不自觉地抿紧，打进室内的阳光让他的发丝和脸庞都蒙上一层柔光效果，厚密扎实的睫毛在眼睛下围打下一圈好看的阴影，一下一下地扇动着。

她逼不得已来找南森暂时收留自己的时候，就认为今天大概会过得尴尬。因为两个人待在一个空间里，如果没有话题聊，气氛就会凝固得让她不知所措。

然而，此刻她却觉得自己根本就是想多了。

因为看着男神的侧脸就足够啦，哪有什么心思管气氛到底怎么样。

脸长得好，真的能解决很多问题。

"昨晚，你帮我……学生做的视频，她们都很喜欢！"还不知道自己已经掉马甲的夏未来，继续打着自己学生的名义，"她们一定要让我感谢一下你，真的非常非常谢谢你！南神，你简直是棒棒哒！"

在男神面前说话好心虚，刚刚差点暴露了自己！

南森明显听出了她话里面的卡壳，停下了手里的动作。

早上他看到她发视频的那条微博转发量已经过万，也已经心领了她在微博上夸自己的话。但是，还是要装作一副你说的什么都对的样子，假装自己不知道。

"不用谢，也不麻烦。"

如果自己现在说一句"真是对不起，我今天没有两米八"，会不会让她惊得像只仓鼠站在原地瞪着眼睛看自己。

Chapter.12 ——

而这个答案，只有夏未来
可以给

修好电脑已经是中午十二点多了。

南森抬手看表这个动作，是被夏未来肚子里发出来的响声给提醒的。

夏未来也被自己的肚子吓了一跳，难以置信地捂着胃，茶几上是一堆被她不知不觉吃完的果仁和水果的残骸。飞快地看了一眼南森，发觉他也听到了叫声之后，她窘迫地低下头，把脸埋在抱枕里面。

"我该怎么解释，这不是饿而是到了饭点没吃主食的空虚感呢？"

"我的要求并不高，能不能在男神面前淑女那么一次，就一次！"

"脸再次离家出走的第一秒钟，想它。"

南森全程围观了夏未来从羞愤到连耳朵都染上绯色的过程，他扬起嘴角："原来都这个点了。"

抚上自己的肚子，他问夏未来："你饿了吗？我肚子都饿得叫起来了。"

啊嘞，刚才的糗事被男神揽到自己身上了？

她深吸了一口气，稍微离开了点抱枕，眼皮飞快地抬了一下，看到南森眼里细碎的笑意之后，迅速地又垂下眼，几不可见地点了点头。

"那去超市买点菜吧。等下做饭给你吃。"

她被关在门外，连钱都没带。请南森修电脑，自己借着南森的地盘，等下还要花南森的钱买菜，最后他来做菜？那她做什么？负责吃吗？

"中午我来做饭吧。"她看向南森，目光灼灼。

"我只会做一些家常菜。"

其实，夏未来的厨艺最多只是炒蔬菜，或者蔬菜炒肉这种程度，发挥得好坏还得看运气。她也不知道自己刚才为什么，有勇气说要做饭给男神吃。其实她的厨艺根本经不起考验。

这个时候的超市，只有寥寥几个人影。

经过饮料区，夏未来像以前一样，顺手挑出几瓶自己喜欢的饮料放在购物车里，动作自然流畅，毫无违和感，过了几秒才心虚地想起，等下负责买单的根本不是自己。

她咬着嘴唇，干笑着冲南森晃了晃，手里还没来得及放进购物车的养乐多，找了个理由："哈哈，饭后喝这个，可以助消化。"

之前和男神不熟的时候，他都能大方地请自己喝咖啡，现在应该更不介意请她喝东西吧？说着，为了掩饰自己的毫无底气，又抛出一个问题：“你有什么不吃的菜吗？”

南森从冰柜上又拿了几打养乐多放进购物车，用实际行动告诉夏未来，可以多拿点自己喜欢的东西。然后才推着购物车，跟在她身旁，目光也随着夏未来移动。听到她的问题，他开口回答：“除了香菜，我都可以。”

“我也不喜欢！香菜从名字到味道都是严重的反人类啊！”

“男神，我们的口味那么像，你说是不是好有缘。”

夏未来想到这点，像是找到了同好。她面朝南森，指手画脚地说自己，以前怎么从烤冷面上面，花了一小时挑出所有香菜碎。

“小心。”

在路过用牙膏搭起来的巨人形状展示区的时候，夏未来看到南森脸色一变，随后左臂被他一把拉住，整个人因为惯性往他身上扑倒。电光石火之间，她已经被揽入南森怀里。

身后是一堆东西坍塌而下的声音，而她龟缩在厚实的怀抱里，像是处在另一方天地，鼻尖充盈着一股薄荷味沐浴露的清香。她的脸贴在南森的胸膛上，能感受到他因为紧张导致的呼吸急促，从而使胸腔剧烈地起伏着。

以及，能感知到的，来自他的沉稳有力的心跳。

后来，她能从自己身体里也感觉到，一样的频率。似乎，连她的心跳也被同化了。

周遭所有声音都在此刻沉寂下来，呼吸轻缓，连空气中的尘埃都凝固住。

夏未来想，这个画面会在一瞬间定格成照片，然后在岁月里，在她的记忆中发黄。

她一定不知道，自己此时脸上的笑容有多荡漾。但她清楚，此时自己脑子里只有一句话。

"金杯，你男友如此有力，你真是死都可以瞑目了！"

怀里传来一声细如蚊蚋的道谢声，夏未来低着头往后一步，轻轻退出南森的怀抱。中央空调的冷气格外强烈，瞬间填补了这块空缺出来的温度，南森意外地觉得有点冷，似乎体内的一部分温度也跟着抽离出来，有一种无处安放的空落感。

南森缓缓放下还虚张着的手臂，双手松垮地握成拳，连带着掩去眉眼间的失落："还好我们避得快。"

虽然看不到夏未来的神情，但通红的耳朵还是让他一眼看出来她在害羞。

南森眼神闪烁，又想到了刚才怀里的温度，灼热却不烫手，一路蔓延到心里，让他全身酥麻，说不出的熨帖。

撞到那堆牙膏的熊孩子被他妈妈押过来道歉，南森摆了摆手。

超市理货员闻声而至，看到散落一地的牙膏，叹了口气，认命地蹲地上捡。

两颊滚烫的夏未来见状，立马蹲下来帮忙。也不是出于什么乐于助人的高尚美德，关键是给自己的脸找点时间降下温。

　　似乎还能若有似无地闻到那股薄荷味，让她不断地回想刚才的画面，连带着她觉得耳朵里，都还能清楚回荡起男神的心跳声。夏未来的头越来越低，努力想忘掉刚刚发生的一切。她怕自己真的掉进叫"南森"的坑里，再也爬不出来。

　　回到家，南森拿出在路上买的蛋挞让夏未来先垫垫肚子，然后就拎着袋子进了厨房准备做午饭。

　　夏未来拆开盒子，拿出两个蛋挞，一边吃一边跟着进了厨房。南森背对着她，在流理台前剔除虾线。剥开虾头，把虾线抽出来，左手把处理好的虾放在盘子里，右手已经又捏起了另外一只。动作干净有序，毫不拖泥带水。

　　她走到旁边，把右手上的蛋挞递到他嘴边："喏，你也吃。"

　　男神在处理虾线——他吃蛋挞洗手不方便——自己干脆喂他吃。这个逻辑连贯得让夏未来只推算了几秒钟，大脑皮层便发出了最后喂食的指令。

　　南森的手停了下来，和她对视了一会儿，她的左腮因为嘴里塞进了最后一口蛋挞变得一鼓一鼓，似乎还没有意识到自己现在的动作甚是亲密。

　　夏未来咽下了嘴里的食物，脑子又正常运转起来，才发现当下这个动作有点碍眼。她的手开始往回缩，不过南森就势低头，咬了一口她手上的蛋挞。

"很好吃。"

蛋挞很好吃，你喂我，所以更好吃。

说完，他又把头凑过来，夏未来立刻把手里剩下的蛋挞全喂到他嘴里。

他的鼻子很挺，睫毛也很长，没有卷翘的弧度，看上去根根扎人的样子。

"看起来，你很会做菜嘛。"

起码看架势，比自己会做多了。

夏未来拍了拍手，问南森："需要帮忙吗？我可以打下手。"

本来说好的做饭被男神抢走了，好吧，其实能吃到男神做的菜让她够开心的了，但是也要体现一下自己的参与感。

把一堆垃圾扔进垃圾桶后，南森从袋子里拿出芽白递给她："那就洗菜吧。"

夏未来一定不知道，自己此时接过芽白的表情，像是南森小时候当升旗手，护旗手把国旗郑重交给他的样子。她开始在另一个水槽里一片一片地清洗，南森在她的洗菜盆里放了点盐："加盐洗得更干净些。"

这些小常识都懂。

男神活得如此精致，简直是居家旅行必备！比起来，她都不好意思说自己是个女人。

夏未来点头示意自己已经知道，态度认真，一脸严肃，更加仔细地清洗手里的菜叶子。

　　两个人在厨房里并肩而立，各自忙活手里的事情，背影看上去像极了一对新婚小夫妇在准备自己的午餐。

　　等南森在压力锅里面煲下了排骨汤，准备好所有的东西之后，夏未来才刚刚洗完那株芽白。

　　看到南森忙活好的事情，再看看自己手里的菜，刚刚"让男神看看我洗得多干净"的优越感荡然无存。

　　"能帮我戴下围裙吗？"南森接过芽白，放在流理台上，然后摊开手，示意夏未来他的手很油。

　　"好啊，你低头。"

　　他弯下腰，让夏未来把围裙套在他的脖子上，这个瞬间虽然很短，可也让夏未来面红耳赤，不敢和他眼神相汇。趁着南森背过身，夏未来一边打结，一边瞄着他的后背。她看上去比男神小一圈，站在他身后被遮得严严实实，让人特别有安全感。

　　系好之后，她就被南森请出了厨房："厨房里油烟太呛人了，你先在外面坐着吧。"

　　夏未来盘腿坐在沙发上，摆弄着手机，间隔几秒就会透过厨房紧闭的玻璃门，看南森炒菜的样子。

　　今天之前，她很难想象南森围着围裙，站在油烟弥漫的厨房里是什么景象。似乎和其他人一样，对于偶像，她脑补出来的就是不食人间烟火的脱尘仙人，什么高大上的设定都往上叠加。就像是刚刚超市里发生的事情，这是偶像剧里面才会出现的情节，回想起来就能让她心跳加快。

她明白自己这样子的心态是不太基于现实的，说不定南森也会挖鼻屎，也是个不为人知的抠脚大汉。

可现在柴米油盐酱醋茶的烟火气息，也不能把他从神坛上拉下来。

实在挑不出他的毛病呀。夏未来放任自己继续对男神喜欢得肆无忌惮，她又点开微博小号，发了一条记录自己今天的小激动。

我是男神脑残粉："去超市买菜，一个熊孩子撞倒了整个展示架上的东西，说时迟那时快，男神就把我搂进怀里了……怀里了……里了……了！男神max！感谢熊孩子，感谢那堆牙膏，感谢超市！"

"这道阅读题没有交代清楚为什么会和男神一起去超市买菜，差评！"

"因为这根本不是重点！"

"这道题的前提是，有一个男神，有一个熊孩子，有一个展示架，三个条件必须全部满足。"

"你这么说的话，想想也有点道理。"

"这种狗粮，我实力拒绝！"

"但是，这并不是在喂狗粮！"

"举起火把，烧死这对异性恋。"

"呵呵，来啊！我巴不得男神是异性恋呢！"

南森端着菜出来的时候，夏未来正拿着手机双手飞快地在屏幕上打字，一会儿停下来皱着眉头，思考怎么回复；一会儿又笑得脸颊上若隐若现地露出酒窝。他把盘子放在餐桌上，干脆靠着椅子，双手抱胸，就这么安静地看着，眸色渐深。

他想戳一下她笑起来时的酒窝，也想摸一下她头上柔软的长发。

他想知道她的每分每秒的情绪，也想每天都能理所当然地看着她。

他想握紧她的手，想把她拥入怀里，也想让她把自己的心交给他。

现在，他想把一切的他想变成他能。

而这个答案，只有夏未来可以给。

南森做了蒜蓉虾、黄瓜炒肉、酸辣芽白和玉米排骨汤。

夏未来接过他递过来的排骨汤，喝了一口，眼睛不自觉眯起来。不仅闻起来让人食欲大振，尝起来更好吃。

会做菜的南森，似乎又要加分了。

她伸出右手大拇指，给南森手动点赞："汤好好喝。我运气真好，能吃到你做的菜！"

南森看她孩子气的举动，溢出一丝笑容，他用没开动的筷子给夏未来夹了几筷子菜："看你这么捧场，下次还给你做。"

"好啊。"一般这种话都是客套，夏未来没有太当真，神色自若地点头答应，没有注意到南森的眼神有多坚定。

大概是南森做的菜太好吃，两个人战斗力全开，把四个菜全部扫光。

夏未来摸着往外鼓出来的肚子，单手撑在桌子上托着下巴："吃饱了我就开始犯困了。"

她神情呆滞，清澈透底的双眸因为刚刚打了个哈欠而变得水汽氤氲。南森忽然伸出手，在夏未来的嘴唇下面轻轻拭去她刚才沾上的饭粒。

男神这是在调戏自己吗？

她没有反应过来，眼睛随着他收回去的手游移。

"吃饭粘饭粒，你是下巴破了吗？"

直到对上他似笑非笑的目光，她才听清楚刚才南森说的话。下意识用手背摸了一把下巴，夏未来的脸再次变得滚烫，可还是自以为蛮横地瞪了一下南森。

她一定不知道刚才的白眼非但没有半点震慑的威力，还让她多了几分可爱。

南森挑高了眉，目光在她虚势的眉眼间流转："我这边有一个客房，你去休息一会儿？"

夏未来把头摇得像个拨浪鼓，现在的自己睡意全无。

夏未来在下午五点半的时候，总算等到了考试归来的陈栎小弟弟。

陈大力在接到夏未来的电话之后，果断推掉了上一秒刚答应下来的聚会，立马往家里赶。他姐姐的脑子是怎么长的？居然待在一个成年、单身、独居的男人家里一整天！就算这个男人是他敬重的南神也不行。

夏未来听到门铃，隐约猜到门口应该是陈栎。她抱着已经修好的电脑跟在南森后面，打开门一看是陈栎，立马高兴地跑出来。

于是，在陈大力满眼"你在我南神家待了一天都做了什么"的疑惑中，夏未来抱着自己的电脑终于回到了阔别一天的家里。

陈大力拦住了准备回房间的夏未来："你还没告诉我你今天为什么去南神家？"

夏未来只是在电话里让陈大力回来的时候，来 11 楼接她，并没有多说别的。

"我电脑坏了，找你南神去修了。"她提溜了下手里的电脑，"然后，发现，我钥匙忘记带了。"

"那你今天就一直待在他家？"

"对啊。"

"就你们两个？"

"没错。"

"姐姐！你知不知道孤男寡女的，待一起有危险啊！"陈大力简直要崩溃。

"你南神能有什么危险？"

讲真，男神要是变得对她有危险性的话，夏未来会更开心一点的。

南神在眼皮子底下还好，但是姐姐，你暴露出的思想态度很有问题啊。

陈大力双手抓着脑袋，觉得夏未来安全意识很薄弱，自己有必要好好地给她补一课。

"现在才发现活了二十四年的姐姐内心还是一个相信世界真善美的

傻白甜，好捉急啊。"

所以，在接下来的两个小时，陈大力拿着随手从手机里搜出来的社会新闻，苦口婆心给夏未来灌输了"多数都是熟人作案""快递地址不要写详细""不要轻易给外卖送餐员开门"等等注意事项。

等到头昏脑涨的夏未来终于送走忧国忧民的陈大力，她迅速打开笔记本，查看自己重装硬盘重做系统的电脑，确认里面的资料都还在不在。

她盘点了一下自己的文件之后，看到该在的都在，特别是自己喜欢的男团这几年来的出道实录，综艺短片以及打歌视频之后，她的心稍微放下来了些。

随后又点开 E 盘里面学习资料这个文件夹，接着又点开里面的一个文件夹，又点开……如此点了 N 个之后，她发现自己找不到自己保存的BL 小黄文了！

What the hell！

那是她好不容易从网上求来的资源！

那不是一般的 BL 小黄文！

因为那些小黄文是以自己偶像男团里面的成员为主角进行 YY 的。因为很多人信以为真，所以偶像们严肃地呼吁禁止传播，她们也觉得这种东西有损自己 idol 的形象，所以自己珍藏，绝对不分享给别人！

这让我去哪里再找一模一样的小黄文回来镇守电脑！

夏未来点开南森的 QQ 对话框。

夏未来：南神，如果之前保存在电脑里的一些资料，少了一部分，是怎么回事呀？

没过一会儿，南森立马回了消息。

南森：帮你安装了一个查杀病毒的软件，少掉的部分是中病毒，软件自动删除了。

夏未来：……

看到这个噩耗，夏未来悲从中来。她不死心地问："就不能只杀毒，不删东西？"

南森看到电脑桌面上，打开的文档，里面几乎每行都是关于两个男人，甚至不止两个男人间，想象力突破天际的床戏。

污到不忍直视！

他轻飘飘地打下了一行字："操作是不可逆性的，我也没办法。"

"以后的人生，我还有什么乐趣？"

Chapter.13 ——
她对我来说不是麻烦

徐徐微风的夏日夜晚，洒水车伴随着独特的铃声，缓慢地清洗着这座城市的炎热。经过一整天的炙烤，地面上还散发着铁板烧的温度。

夏未来觉得自己好像看到了，洒水车里面的水一触到水泥地面，便瞬间蒸发成闷湿的水汽。以至于就算是迎面吹来的夜风，都带着一丝还未散去的炽热。

她大口大口地往嘴里灌矿泉水，又拿起挂在自己脖子上的小型电动风扇，对着脑门吹，还是没有消下积在心中的烦闷，更别说旁边还有一个，故意气她的伍声在火上浇油。

夏未来再也不能眼不见心静："伍声声，你今晚都吃第五根冰激凌了！小心等下闹肚子！"

"就算闹肚子，闹得也是我的。喝你的矿泉水去。"说着，伍声还故意在夏未来面前，有滋有味地喝了一口。

"当初和他做朋友，一定是我瞎了眼。"

打从伍声看到夏未来站在冰柜面前，可怜巴巴地看了好久，然后委屈地去货架上，拿了一瓶常温的矿泉水之后，身为妇女之友的他一下子就明白，她今晚大概是不能吃冰的了，于是开始肆无忌惮地拿冰激凌诱惑夏未来。

夏未来不留痕迹地咽了一口口水，暴躁地把塑料瓶捏得发出声响，在心里默默做了一个"单方面和伍声绝交一星期"的决定。

明天学校里举行教师运动会，级段长晚上找到夏未来和伍声，安排他们出来采购明天高一级段老师需要用到的药品和食物。

高一级段资历最新的老师就他们俩，当然服从组织的安排，顺从地答应了。

然而，外面真是热得让人忧伤。

伍声还能靠一根接着一根的冰激凌消暑，快来大姨妈的夏未来只能郁闷地不停喝水，用小风扇微不足道的风力，缓解一下温度。

"夏未来，你要吃一口吗？"伍声假模假样地把手里的冰激凌送到夏未来的嘴边，然后又往回收，递进自己的嘴里。

本来吃两三根冰激凌就已经足够的他，难得看到夏未来想吃又不敢吃的样子，硬生生又多吃了两根，而且一定要摆出一副"果然夏天就是要靠冰激凌"的表情。

做朋友到这种地步，也是真爱。

"我突然走不动了。要不，就站在这里，等我吃完冰激凌我们再去买东西吧。"他单手插兜，咬了一口冰，夸张地闭起眼。

"夏未来，你再不吃一口的话，我就吃完啦。"伍声在夏未来的高压视线中，顽强地展示着还剩三分之一的冰激凌。

夏未来装作没听到伍声一直喋喋不休的挑衅，她往前走两步，把矿泉水瓶扔进垃圾桶。终于能腾出手来教训伍声了，让他知道女人每个月有一段时间是不能招惹的。

立志给伍声点好看的夏未来，立刻折返回来，扑向伍声，开始抢他手里的冰激凌。

"哎哎哎，别抢别抢，要蹭我衣服上了。"伍声慌张地求饶。

"我不能吃，我还不能让你也不能吃吗！"夏未来使劲扒拉着伍声的手，试图让冰激凌掉到地上去。

"我错了，夏大人，我认错。"

南森刚从一个饭局上出来，正开车往家回，到了人民中路的时候，毫无意外地堵车了。人民中路的两边，商铺林立，还有几条夜市街。所以一到夜晚，这条路上就人流涌动，车马喧杂，加上红灯长绿灯短，特别容易堵车。

他望了一眼前方还很遥远的红绿灯路口，大概是要等上一会儿。于是干脆拉下手刹，无聊地往左边一侧看去，正打算收回目光，却发现一个熟悉的身影。

夏未来和一个男人。

她笑起来像是天光乍破时的初生旭日，眉眼生动如林涧间的跳脱小鹿，一颦一笑都能轻易牵扯他的情绪。

于是当她握着身边的陌生男人的双手，和他抢夺一根冰激凌的时候，他竟感觉坐在这个密封的空间里让人越发窒息。

原来有人跟她比他跟她之间更为亲密。

这个认识让他有些不开心。

南森按下窗户，脸色晦暗地看着还在和伍声嬉笑打闹的夏未来。

这才是她真正大笑起来的模样，神色飞扬，整个人散发的活力，让人一看就知道此时的她是快乐的。

可在他面前，夏未来从来没有笑得这么洒脱。

夏未来终于成功地让伍声的冰激凌掉到了地上。她看着伍声捡起冰激凌准备扔进垃圾桶，得意地将头一撇，想要等伍声回来的时候，给他一个高傲的侧脸。

没想到，她却和坐在驾驶座上的南森四目相对。

男神今晚好像有点不高兴。

夏未来没发现此时，她脸上的笑意也一点一点被她收敛回去。

自从她当了班主任之后，为了更好地了解学生的心理活动，特地去看了很多心理学方面的书。夏未来自认为没有学得一知半解，也已经可以稍微感知到别人的情绪。

难道是跟金杯吵架了？

她示意了一下伍声自己要稍微离开一下下，就走到南森的车旁，笑眼弯弯地跟南森打招呼："你这是要回去吗？"

"嗯，"南森神情冷峻，眼里依旧是化不开的浓雾，"你呢？回家吗？刚好可以一起回去。"

"呃……"

这样的话，自己等下不用打的回去，也不用伍声送她回家，多方便，多安全啊！

好吧，其实上一句话是借口。

"男神说载你一起回家，你该怎么办？"

这道题明显就是送分题嘛。

伍声看到夏未来一路小跑回来，脸上带着一副贱兮兮的笑容。

"伍声声，我要蹭南森的车先回去啦，你一个人回家吧。"

"重色轻友。"伍声一字一蹦地说出个成语。

"注：重美色，轻损友！想想你刚才是怎么对我的！"

那是怪自己刚才做得太过分咯？伍声瞪大眼。

不怪你难道怪我吗？夏未来也抬高脖子，准备和他进行眼神 PK。

"滚吧滚吧，我继续去……"伍声看到自己还没说完话，夏未来就迫不及待掉头往南森的车里跑去，气得和刚才的夏未来同步了脑回路，单方面准备和她绝交一星期。

夏未来坐在了南森的副驾驶座上，系好安全带，就往冷气口方向靠拢。

男神出现得太是时候了，她觉得自己都快蒸发了。

不过，金杯应该没男朋友的副驾驶座不让别人坐的原则吧？但是坐后座，好像把南森当成是司机了啊。

南森看到夏未来的表情一直在变化，他完全不知道此刻夏未来丰富的心理对话："你刚出来是买东西？"

"我们明天举行教师运动会，级段长派我和伍声出来买东西呢。"

"伍声？就是刚才那位吗？"

"对啊，他是个教化学的。"

夏未来想到刚才伍声那副可怜样，解恨地笑了一会儿，对南森说："不过我觉得他应该去新东方教烹饪的。"

"看起来你和他的关系很好。"

南森又想起刚才他们在抢夺冰激凌的画面，似乎那时候两个人的气场，默契得容不下第三个人进入。

夏未来看向南森，他一直看着前面的路况，对面而来又一闪而过的车灯，让他的侧脸忽明忽暗。

"他是我关系最好的同事，也算是好朋友。"

南森点头，没有说话。

车内陷入一片寂静，夏未来重新靠在座位椅背上，张了张口想问他今晚是不是不开心，却又因为想到自己也没什么立场去询问他的情绪，又闭上嘴巴，扭头看向窗外。

看着男神映在玻璃窗上的侧脸，她用右手隔空小心翼翼地描绘着侧脸的弧线。

"没关系，男神，你不开心的时候，还有人陪着你呢。"

"我不会安慰人，不过我连带着全身几万亿个细胞都喜欢你。这样你会不会高兴点？"

夏未来在第二天醒来之后，也还是不知道，她男神昨晚到底是不是不开心。

因为她后来在车上睡着了。

而被南森叫醒的时候，她脑子尚未清醒，根本想不到这个问题，眼神呆愣地跟着南森进了电梯。最后他不放心地跟着夏未来上了 12 楼，目送她进了家门，才回到自己家。

不过也没什么时间给她想这些。

今天自己要去学校参加⋯⋯800 米长跑。

说起 800 米，夏未来这次是真的被赶鸭子上架。谁让她是市一中教师里面的老小。

体育中考的时候，记得自己四分内可以跑完。高中的时候，学校要求每天早上六分钟内跑完 800 米，她也没问题。

到了大学达标测试的时候，她作弊少跑了一圈，还跑了六分多钟。

岁月是把杀猪刀，死宅毁掉战斗力。

虽然级段长一直在耳边叮嘱："小夏啊，你年轻，肯定能跑过学校里的其他老骨头，到时候拿个第一名回来。"

但是清楚自己实力的夏未来，对自己的要求是，重在参与。

老师都来参加运动会了，自然学生也跟着被放了半天假。

夏未来换好运动装配，抹好防晒霜，就在场边热身。身边围着高一7班的学生对她嘘寒问暖，只差没有亲自上手帮她活动腿脚按摩肌肉。

"老师，你多拍两下小腿，多刺激刺激肌肉群，一定要活动开啊。"这是外表很 man 但是心细体贴的体育委员。

"老师，你再吃块巧克力，补充热量等下跑步有精神。"这是帅气的班草。

"老师啊，防晒霜等下再抹一次哈。你这身大红运动衫配黑色运动中裤真好看，等下我们在看台上一眼就能锁定你。"这是每天都花样打扮自己的文娱委员。

夏未来神色严肃，没有平时和她们插科打诨的状态。她从来都是能不跑步就不跑步，谁想到今天一跑就是 800 米。

估计会要了自己的老命。

"等下我在跑道内陪跑，你跟着我的节奏就好，别害怕。"陈大力小弟弟深知夏未来的废柴程度，只能想出这个办法。

等到广播里通知 800 米运动员开始检录，在跑道上准备的时候，夏未来脸都快白了。

"所以这个世界上为什么要有 800 米这种东西。"

"校长，我们学校真的不考虑，设立一个 800 米竞走的项目吗？"

她根据裁判的指示，站到自己的位置上。

发令枪一响，她比别人快半拍，首先抢占了跑道内圈的位置。陈大力和体育委员在跑道内陪着夏未来。

"老师，慢点慢点，第一圈要保留实力。"

慢个屁！反正我怎么跑，最后一圈都没力气加速。

夏未来喘着粗气，实在挪不出力气反驳他们，翻了一个明显的白眼。跑了一圈，她开始觉得自己手脚沉重得不像话。看了一眼自己的排位，十二个老师参加 800 米，她现在排在第 4，跟前面的人差距不是很多。

陈大力在旁边努力地带节奏，趁着体委去拿水的时候跟夏未来说："姐，你前段时间不是天天带着啦啦去晨跑吗！现在是检验成果的时候了。

"要是 800 米跑得太差，我就告诉大姑，让她继续带着啦啦来折腾你。"

我要布置 50 篇英语作文写死你这个小兔崽子！

夏未来瞥了一记眼刀，飞向陈栎。

不过想到啦啦小短腿飞奔的速度，她又打起精神，在第二圈的结尾，超过了第三名。

第三圈的时候，夏未来总感觉有点不对劲，身体越来越跑不动。体育委员递了一瓶开盖的水，让夏未来多喝几口。可是她连手都不想伸。

如果夏未来现在有力气开口说话的话，她一定会对自己平时喜欢的体委说："快麻溜地滚边儿，老娘这么狼狈的英姿，哪能被你随随便便看去。"

不过全靠陈栎和体育委员的陪跑，夏未来又超了第二名，只剩下一个据说常年晨练的中年老师在前面领跑。

最后一圈，夏未来感到自己身下涌出了一股暖流。她只觉眼前一黑，差点跌倒在地，原本凄白的脸色又惨淡了一圈。

尼玛！这个时候来大姨妈！

我这辈子到底是做了什么亏心事，老天非得这么整我！

她低下头往自己的大腿内侧看去，还好，血迹还没有流出来。

紧接着，陈大力和体委都有点疑惑，夏老师是打了什么鸡血，刚才还跑得生不如死，现在一下子速度提升得飞快，简直是一骑绝尘。

对此，夏未来想说——

虽然，老子今天穿的是黑色中裤，就算粘上点东西也看不出来！

但是，它是宽松的中裤啊！

再慢吞吞跑下去，她怕在全校师生面前发生侧漏事件，然后血流从大腿内侧蜿蜒而下，为大家直播什么叫血染的风采。

那时候，大概她再也没脸，在大中国的教育界混下去了。

现在网络这么发达，说不定连我大中国，她都不能待了。

有这么严重的后果在鞭策她，夏未来意气风发，动力无限，拿出了百米冲刺的速度，准备跑完最后一圈，早点去厕所换裤子。

然而，事情并没有这么简单。

在快到终点之前，她感觉自己里面的棉质内裤，再也承受不住一股又一股的暖流，自己设想的侧漏场面真的要发生。

满场的喧嚣提醒着夏未来，此刻她满脑子都是"完蛋了"这三个字。看着还有100米的红线，夏未来的内心非常焦躁，恨不得前面就是女厕所。

她茫然地看着终点处，希望扒拉一件谁的外套，系在身后遮一下。但是现在是穿一件都嫌多的夏天啊。突然，她看到终点线之后有一个熟悉的身影。

他怎么会在这里？

但是，现在完全想不了这么多。

夏未来直愣愣地朝他跑去，一下子扑进他的怀里，语速飞快："南神，快把我打横抱起来去女厕所。"

这个举动惊呆了周围迎接她的一众学生。

夏老师居然公然秀恩爱！

夏老师的男朋友好帅啊！

但是！伍声老师怎么办？他难道被甩了吗？

南森听到夏未来的话，下意识地照着她说的做。只是心里因为刚才夏未来冲着他飞奔过来，而涌出来的欣喜与熨帖全都消失。原来，不是他想的那样子。

夏未来双手交叉环在南森的脖子后,头靠在他的肩膀上。半晌,南森听到肩膀处传来夏未来低微的声音:"我来大姨妈了,你快送我去厕所。"

随后,她把头埋进南森的胸口,再也不去看南森的眼睛。

她已经做好等下跟南森道完歉后,被他疏远的心理准备了。夏未来心里也能接受,要是谁蹭她一手的大姨妈,自己也会翻脸跟她绝交的。

南森低头看着满面通红的夏未来,眼神暗了一下,他收紧手臂,加快脚步,往教学楼走去,留下一地我伙呆的学生。

因为夏未来突然提速,而被落在后面的陈栎,看到自家姐姐飞奔进南森的怀里的时候,整个人都不好了,紧接着内心酸涩无比!他就知道,上次夏未来在南森家里待了一天,一定会出事的!

刚才姐姐跟打了鸡血一样冲过终点,肯定是因为看到了南森。

从小一起长大的亲弟弟,居然比不过一个,认识都不到一年的男人,这个事实让陈栎非常寒心。

他想冲过去,问问夏未来和南森之间到底是怎么回事,却被一旁的体育委员拦住。

内心深藏功与名的体委,遥望着慢慢走远的"夏老师男朋友"的身影,得意地想着:陈栎真是没有眼力见,夏老师该感谢我拉住陈栎,才没人去打扰他们的二人世界。

对此,陈小弟欲哭无泪。

教学楼里几乎没人，基本上大家都去了操场。

南森把夏未来放在女厕所门口之后，头也不回地走了。夏未来见状，有点委屈，看来男神是真的讨厌自己了。

不过，下一秒，她是真的难过起来了。

她要怎么走出女厕所啊啊啊啊啊啊啊！

"男神你走得一点都不犹豫，害我忘记问你借手机了啊！"

"我连纸巾都没有！我连姨妈巾都没有！我踏马哒连手机都没在身上！"

夏未来越想越懊恼，恨不得立马要对男神粉转黑！单方面代表夏家和南森断交！

她垂头丧气地进了最里面的隔间，准备先把自己藏起来。等下有人进来上厕所，她就豁开脸皮问人借手机。

南森一路上面红耳赤，在他看到自己右手臂上，有一小片血迹的时候，觉得自己的耳朵越发热了。

他在露天洗手台上，洗了把手，确认再也没有血迹之后，仔细地观察了一下右手臂。

明明洗得很干净，为什么还会觉得这片地方很烫。

他摇了摇头，继续往前走，拐到学校的小超市。站在门口，他拿出手机百度了一下，才胸有成竹地走进去。

在超市里转了一圈，他才找到放着卫生棉的货架。

他想了下刚才百度到的牌子，乐而雅、花王、高洁丝……好吧，货架上有高洁丝。

　　但是，他没想到，高洁丝除了日夜用不同之外，还有这么多外形不一的包装。

　　他随手拿起两包对比了一下，最后拿了一个中草药的棉面日用，又拿了一包湿巾去柜台结账。

　　收银台的阿姨，其实早就从监控视频里，看到南森站在摆着卫生棉的货架前。她看着紧抿薄唇一脸严肃却红着耳朵的南森，露出一个过来人的笑容。

　　"是给女朋友买的吧？"

　　南森皱着眉，又点了点头。

　　"小伙子这么帅气，还疼女朋友。"接着话锋一转，"这个牌子不错，除异味。"

　　"……"

　　"你女朋友痛经吗？痛经的话，再给她买点红糖姜茶。"

　　"……"

　　痛经？他虽然不知道夏未来会不会痛经，但是想到她刚才惨白的脸色，就问："红糖姜茶这儿有卖吗？"

　　"夏未来？夏未来，你在不在里面？"

　　而此时，夏未来正蹲在女生厕所的小隔间里，双手交叠放在膝盖上，头靠着手臂，半天都不见一个人来的她，腹诽着学校女生的膀胱功能是不是都特别好，这么久都没有人来上厕所。

她都快酝酿好睡意，准备在厕所里面睡一觉了。

一听到南森的声音，她一下子就精神了。南森喊的第一声她还不敢相信，以为是自己的幻听。等到喊第二声的时候，才敢确定，被蹭了一手血的男神没有放弃她，还是回来找她了。

以后谁都不准在我面前说我男神的坏话！

夏未来压制不住自己的激动心情，大着声音回答："我在，等下。"

她噌地站起来，拖着酸麻的脚打开隔间的门，两条大腿紧贴着，幅度不敢移动得太大，怕血迹顺着大腿流下来。等快要走到门口，夏未来把自己藏在墙后，使劲抻长脖子，露出一个头看着南森。

女厕所在教学楼回廊的尽头，而南森此时正站在厕所门口，背后是照进回廊里倾洒而下的刺眼天光，连带着让南森都沐浴在光芒之下，耀眼得不可方物。

看吧，这就是我男神啊！

外貌党重度患者的夏未来，勉强忘掉自己身上的黏糊感觉，恨不得此刻手里拿个手机，十连拍这样子的男神，保存一辈子留念。

"给你。"南森脸色有点尴尬地递过来一个黑色袋子，"我叫了陈栎，让他去拿你的东西了，等下我送你们回去。"

夏未来回过神，自动接过东西，往里一看，第一个映入眼帘的就是姨妈巾。她忍不住再次抬头看向南森，果然他看起来更尴尬了。其实她也特别不好意思啊！夏未来扯出一个笑容，准备开口，又觉得自己说不出什么来，只能点点头，转身又进了厕所的隔间。

等她再出来的时候，站在门口的变成拿着她衣服和包的陈栎，而南森则站在了几步外的不远处。

"姐，你还好吧？"陈小弟接到南森的电话之后，才知道夏未来来了生理期。

陈栎的一句话，让南森也下意识地回头望了一眼，正好对上夏未来的目光，两人迅速地别开眼睛。

夏未来并没有开口，只是对着陈栎摇了摇头。

窘迫的感觉来得后知后觉，等刚才的兵荒马乱都尘埃落定之后，才意识到今天在男神面前出了多大的丑。她此时就想披一件隐形衣，消失在男神面前。

她低着头，努力缩小自己的存在感，准备回到家之前都保持沉默。但是陈栎一直在她身边叽叽喳喳，夸她刚刚跑800米的英姿。夏未来白了猪队友陈小弟一眼，下一秒重重地踩了陈栎一脚。

"嗷，你踩到我脚啦。"

夏未来看到注意到这边动静的男神咳了几声，肩膀也在一耸一耸，又狠狠地横了陈栎一眼，装作一副破罐子破摔的样子，扔下陈栎往前走。

上车之前，她想了一会儿，绕到南森这边的后车门前，径直打开了车门。

男神的后面位置是他的盲区，等下自己在做些什么就不会让他发现。于是，坐上车之前，夏未来先拿出刚刚的黑色袋子垫在座位上。

裤子脏了，总不能也让男神的车染上血迹。

血迹……

夏未来再次想到 800 米终点的画面，她缩在位置上，双手捂脸，感觉自己以后再也没脸见男神了。

居然拿大姨妈污染了我神圣不可侵犯的男神！夏未来，这要是放在古代，你应该被拉出去五马分尸了。

车上，陈栎一直扭头打量夏未来一时懊恼，一时生无可恋的表情，活像是看一个神经病。

他无力地翻了个白眼，突然觉得，南神如果真的和姐姐在一起，那应该是委屈了正常的南神。

"南神，今天我姐姐给你添麻烦了。"

"没关系。"南森从后视镜里看了一眼还沉浸在表情变换中的夏未来，然后重新看向陈栎，"这不是麻烦。"

总觉得这句话有些不对劲？

十七岁的少年还是太年轻，年轻到还不能领悟一个老男人的话里有话。

Chapter.14——

今晚的自己，也很难过

"你把大姨妈蹭到了你男神身上？"

夏未来躺在床上，有气无力地跟贱宋复述了一下当时的混乱场景，然后听到电话那边传了一句"我的天哪"，紧接着是一阵振聋发聩的笑声。

她能想象到宋瑾一定是睁大双眼，单手虚掩着嘴巴的样子。因为最近贱宋喜欢上相声演员小岳岳，所以见缝插针，不放过一个模仿自己偶像的机会。

"对，没错。"

"然后，你男神把你送到了女厕所，又去帮你买姨妈巾？"

"是，你完美 get 到了全过程。"

"哇！我的……"

"别天了！你一点都没人家小岳岳的喜感。"夏未来粗暴地打断了贱宋的卖蠢。

宋瑾也不在意自己的模仿被打断。

"哎哎哎，说起来你是花痴界的人生赢家啊！"好像发现了什么不一般的真相，宋瑾的声音都兴奋了起来，"你看，连我亲爱的小杯杯都没你这种待遇啊！居然能让男神给你买姨妈巾！"

金杯要是能有生理期，估计男神早就送他千万包小翅膀了！

但是，为什么我要和金杯比"男神有没有送你卫生棉"这种事？

自上次的"四舍五入一下和男神同居"之后，夏未来再次被小伙伴不着调的攀比心理给震慑住了。

夏未来觉得自己最好应该请假几天，待在家里避避风头。

昨天自己没脸没皮地扑进南森的怀里，并让他抱起自己，这件事似乎在学校里投下了一颗炸弹。事情发生的第二天，全校师生的好奇心达到了顶峰。

今天去上课，每个人都用暧昧的眼光看向自己。夏未来为了避开大家赤裸裸的目光和揣测，特地在晚自习结束之后，留在办公室里多加了会儿班，准备明天的教案。

级段长在回家前走到她的位置边，眉开眼笑地恭喜她脱单。话里话外的意思是，想不到平时乖巧懂事的夏老师，也有那么狂放不羁的一面。说话间，完全无视了夏未来磕磕巴巴，说出口的那一大堆解释。

认清大家其实并不想听她澄清的事实，她果断闭上了嘴。

如果在被传绯闻和在全校面前说自己其实是来大姨妈，这两件事情中二选一的话，夏未来还是觉得，被传绯闻这件事情，更让她接受一点。

　　毕竟自己又不是没有过绯闻男友。

　　说到这个，刚好前绯闻男友伍声，追上刚走出教师办公室的夏未来，走在她身边。

　　他拿出手机，重新调出早上看的帖子页面，清咳了几嗓子，开始一字一句抑扬顿挫地朗读给夏未来听："一直以来，夏老师和伍老师的绯闻层出不穷，然而却不被两位当事人承认。直到昨天，夏未来老师的男友终于现身于市一中，站在终点处等着夏老师……全校都在恭喜夏老师的同时，我只想问一句，那么，伍老师该怎么办？"

　　"大概是夏老师觉得，比起又帅又高又有才华的男神，和伍老师捆绑销售下去没有多大意义了。所以，果断抛开了伍老师。"夏未来露出一个恶意满满的笑容，顺势和伍声开起玩笑。

　　"夏未来，说好要做彼此的糖醋排骨的呢？一下子你就有别人了。"伍声没想到自己朋友，如此轻易地抛弃自己。他一副遭人背叛的表情，痛心疾首地把手机递到夏未来的面前。

　　"谁和你说好了？"

　　夏未来接过手机，她也没想到自己有一天，会在校园论坛上这么受欢迎，第一页所有的帖子几乎全是关于她的。

　　万众瞩目的感觉还真让振人有点小害羞呢。

　　《夏老师的男朋友为什么好眼熟，高手快进来解答下》

《夏未来老师终于公开自己男朋友，这回不是绯闻》

《当着全校公主抱，夏老师强势喂大家狗粮》

《高一7班全体成员祝夏老师幸福》

......

高一7班那张贴子到底是谁发的？有没有考虑过陈大力的感受。

陈栎昨天跟着自己下车，也不等去停车的南森，直接拉着她进了电梯，一路盘问她和南森的关系，似乎想搞清楚到底什么时候，两个人开始关系匪浅了。

但却遭到夏未来用生理期不舒服的理由蒙混开脱。看着她苍白的脸色，陈栎也没有斤斤计较，送夏未来回了房间。

"可惜昨天我不在现场，否则今天论坛上我的版面绝对不会这么少。"伍声有些遗憾，昨天自己在广播室负责播报，刚好错过了夏未来投入南森怀抱的那一幕。

"呵呵哒。"果然他是嫌天下不够大乱的乱民。

"所以你到底和他……"

打死伍声也不会相信，夏未来是一个见色起意，把持不住美貌，在全校人民面前冲进南森怀抱的人。这里面一定是有什么误会。

不得不说，伍声是个了解夏未来的好基友，只是这个真相有点让人难以启齿。

"伍声声，你难道不知道，作为一个男人这么喜欢八卦，会让我觉得你很娘吗？"夏未来叉着腰，掷地有声地贬了伍声一句，迅速地跳上刚好停在站台的公交车，"我回家了，拜拜！"

　　她才不会把这么丢脸的事情爆出来，让伍声在以后的日子里，拿来当嘲讽她的资源反复提起吗。不过，损完伍声一定要赶紧撤走，要不然被他逮着一定会骂得狗血淋头，说得你泪流满面只想跪下唱《征服》。

　　下车进了小区门口，夏未来才从兜里拿出手机登进了校园论坛，重新浏览里面的帖子。

　　她总得仔细查看下，昨天学生们拍下的照片，到底是什么样子的吧。仔细看了几篇帖子，还好里面的多数照片，都是从南森身后拍的，她并没有太多的出镜，基本上全被男神挡住了。

　　再次抬头查看前面路况，夏未来凭着昏暗的光线，隐约看到不远处有两个男人，一直在拉拉扯扯。

　　这段时间，她总觉得自己身边，出现了好多 gay 是怎么回事？

　　想到伍声，又想到南森和金杯，如果他们都归类到自己的朋友圈里的话，夏未来觉得自己妥妥就是一个"弯仔码头"。

　　她举起手机，打开照相功能，正打算拍几张等下分享给小伙伴时，却从镜头里看清了前面的两个人好像是南森和金杯。像是被触电一般，她立马放下手机。

　　这就尴尬了。前面的南森是她最近都没脸见到的人。

　　只是，心情为什么一下子就难过了起来？

　　她又放慢了几步，因为前面二人也停了下来。

夏未来看到南森把金杯的左手搭在自己的身上，右手揽着金杯的后背。这让她又是一惊，原来男神才是这么狂放不羁的人，哈哈。

四周静寂一片，每隔几十步设立的路灯，在路面上投下一个个昏黄的光晕。夏未来双手插兜，亦步亦趋地跟着南森二人。金杯像是有些喝醉了，他脚步不稳，全程踉跄，一直靠在南森身上，嘴里不停念叨着什么。

而南森，不知是否是光线的原因，夏未来总觉得自己，在他时不时侧过的脸上看到了些许柔情。

终于，在一个路灯下，她看到金杯定住脚步，掰正南森的头，然后自己凑上去，结实地亲在了南森的嘴上。

夏未来站在黑暗中，瞪大双眼，难以置信地看着眼前这一幕。

"单身狗感觉又受到了一万点伤害。"

"看到了男神的接吻场面，会不会被灭口？"

"谁能告诉我，我现在觉得受伤，是因为什么？"

意识到这个，她赶紧拿手捂住眼睛，连呼吸声都不敢放大，生怕被南森发现。直到过了很久，她才放下手，前面再也没有大晚上接吻的两个人。

啊，今晚的月亮，看起来好悲伤啊。

今晚的自己，也很难过。

金杯这次代表公司，宴请一个来自东北的合作方公司。一群五大三粗的大老爷们，从小练就一身劝酒的本领，看到同样体型的金杯，也不知道从哪儿涌上来的"老乡见老乡，先灌三杯二锅头"的惺惺相惜之情，轮番拉着金杯喝酒。

而金杯也被人家一口一个兄弟，给哄得五迷三道，人递几杯就实诚地喝几杯。没一会儿就醉了，开始拉着别人，含混不清地科普自己最近看的小说。说到伤心处还红着眼睛，呜呜咽咽地哭了起来。

在一旁当了一晚上透明人的下属们，都不知道自己领导醉酒之后是这副样子，更遑论被壮汉红眼哭泣的样子吓到的合作方。公司同事上前准备送金杯回家，但是酒后的汉子嘴里只有小说情节，根本就报不出自己家的住址来。

一波人实在没办法，才打电话给南森，让他赶过来带金杯回去。

南森把车停进小区，艰难地把猩哥拉下车，他已经说完了三本小说，正简单复述着第四个故事，还特地插播说这是《傲慢与偏见》的同人文，为了这本小说，他特地花了两晚上看完了以前打死他都不会看的世界名著。

南森一边敷衍地夸"猩哥你是个文化人"，一边吃力地撑起猩哥准备进小区，还隔三岔五回过头，看猩哥会不会想吐。

如果猩哥要吐出来的话，他绝对会抢先一步把他扔在路边，反正小区治安不错，也没人捡得走他。

所以夏未来看到的南森脸上所谓的柔情，真相其实是这个样子。

南森大概是全副身心都用来对付猩哥的体重，以及观察他是不是想吐，乃至他根本就忘记了，猩哥醉酒后不光是喜欢拉着人聊小说。

据说，还喜欢乱亲人。

只是他从来没在自己眼前喝到这个程度，乱亲人这个事情，也只有在大学的某一天，被寝室老四随口那么一说，所以他根本没有太当真。

于是，在金杯双手箍住自己的头时，南森努力地想脱离钳制，心里再次后悔，为什么不把金杯扔在路边让他自生自灭。但前期已经耗费了大部分力气的他，始终不是猩哥的对手，在金杯亲上来的同时，只能小幅度移开头，让猩哥得逞地亲到了自己的脸，留下一个充满酒气的贴面吻。

他看着一脸笑意丝毫不知道自己做了什么的猩哥，暗自咬牙，等明天他醒过来，再和他算总账。不帮他戒掉这个酒品，绝对不让他再喝半滴酒。

夏未来脚步轻浮地回到家，脑子里充斥着金杯亲吻南森的画面，完全没有看到和她打招呼的陈栎，以及抱着啦啦看选秀节目的夏太后，径直回到了自己房间。

阖上房间门，放下包，夏未来凭着外面照进来的灯光走在书桌前，准备打开电脑写课件。可她发现自己没有半点力气。

全身难受，好像整个身体里都空荡荡的，又好像是心被吊得高高的，不落实处，让她特别没有踏实感。

她坐在电脑前，一遍一遍地回放刚才的情景，让她郁闷地用手胡乱揪着头发。

能不能不要老是想着这样的画面！

她起身把自己瘫倒在床上，随手扯过空调薄被，翻来覆去包成一团。

都怪金杯出现得太少，她都要忘记男神其实是个 gay 了！

不不不，金杯有什么错，那怪男神太贴心，又是收留她，又是帮她买卫生棉。

可男神每次都帮了自己忙，不能这么迁怒。那大概，怪贱宋，说什么连金杯都没有的待遇，她绝对是在挑唆自己。

夏未来胡思乱想了一通，最后还是承认，其实就是得怪她自己，看到美色，意志就不坚定。

她腾地坐起来，拿起放在床头的小镜子，指着镜子里的人脸："能不能不要那么肤浅，不要看人家长得帅，就喜欢人家。夏未来，你不是真的喜欢南森。"

从小到大连初恋都没有，是因为她知道自己，没有真正喜欢过一个人。

初中的时候，她喜欢隔壁班的班草，总是想办法，每天借着上厕所、去老师办公室、去机房等等的原因，多经过他们班，看几眼那个班草。

那时候的她觉得，大概这就是喜欢一个人的感觉。

但是，等到班草过来跟她告白的时候，夏未来又退缩了。她喜欢他运动的样子，安静听歌的样子，认真写字的样子……可他一开始表明对她的喜欢之后，他所有的光环全都"啪"的一声熄灭了。

后来，夏未来眼里看到的，全是班草的缺点。

夏未来经常在网上看到别人问单身的原因有哪些。
她想，她其实有些害怕，是自己不会去爱。

所以，她一直认为自己对南森的感情，只是针对他长相而已。
就像，她喜欢了那么多年的偶像团体一样。
于是才放任自己去喜欢。

夏未来再次看向镜子，镜子里的人也告诉她："是啊，就像是小粉丝喜欢偶像一样，你就是这么喜欢你男神的。"
可下一秒，她居然掉下了眼泪。
吓得夏未来赶紧扔掉镜子，她双手死命地捂住眼睛，像是这样子就能不让眼泪流下来。

她不该这么难过的。
明明只是花痴南森的颜而已。
可事实明明不是这样子的啊。
要不然，自己现在为什么心痛得要死。

夏未来一把掀开被子，眼神空洞地望着天花板，任由眼泪滑过太阳穴，流入发间。

她好像，在经过那么多事情之后，在不知道什么时候喜欢上了南森。

认认真真的那种喜欢。

也许是在他抱着自己离开操场，也许是在他送自己回家。也许是在更早之前，他在超市里护住自己的时候……

可是。

为什么要想清楚这件事？

南森根本不需要她的喜欢。

夏未来一想到这个事实，悲从中来，很想好好放开嗓子哭一场。可又怕吓到外面的太后和陈栎。

她也觉得自己没底气哭，因为自己真的是在觊觎别人的男朋友。

她拍拍脸，决心收回之前不知不觉中，投注在南森身上的感情。

以后多观察观察男神的缺点，多想想男神其实也会抠鼻子上厕所这种事情，大概就能不这么喜欢了。

她努力回想以前看的心理书上，怎么开解失恋的学生，帮他们走出情感低落区的知识点，没想到她第一个开解的人是自己。

客厅开着的电视机里，一道低沉的女声透过门缝，传入夏未来的耳朵里。

夏未来刚刚克制住的情绪立马崩溃，她拿手臂横在自己的嘴上，挡住自己嘴里发出的呜咽声，可眼睛还是不断往外淌眼泪。

最后，她终于绷不住地坐起来，双手捂耳，在"我拥有的都是侥幸啊，我失去的都是人生"的背景乐中，放声大喊。

恰好，她知道，这首歌的名字叫作《关于我爱你》。

客厅里的夏妈妈被自家女儿的尖叫声吓了一跳，她惊神未定地拍了拍自己的胸口，问同样僵在一旁的陈枥："你姐又发什么疯？"

陈枥也百思不得解，他想了一圈，迟疑地说："大概是在生理期？"然后继续跟着电视里的音乐声，一起哼着歌。

你拥抱的，并不总是也拥抱你。

而我想说的，谁也不可惜。

Chapter.15——

还好, 他能保护夏未来

南森自从在学校里替夏未来解围的那天起, 就意识到夏未来好像在躲自己。

在人民中路碰见她的那晚, 他得知她第二天要参加运动会。于是那天他开车兜风, 不自觉地就回到了高中学校。

虽然一个大男人去买卫生巾很别扭也很奇怪, 但想到她坚定地撞进自己怀里的那瞬间, 南森靠在椅背上, 眼睛盯着自己手里把玩着的钢笔, 嘴角露出一道微笑。

他想自己这辈子应该都忘不掉, 夏未来心无旁骛地朝自己跑过来, 装个满怀的感觉, 像是找到了生命里另外一个半圆。

窗外云峦迭起, 天光暗淡得像是随时都会下场暴雨, 树叶被风吹得摇曳得厉害。

南森伸了个腰，放下手中的笔，打开一个网页。

他随意在键盘上敲了几下，调出一个手机号，然后电脑里出现了一个 GPS 的定位图。截取地图上的坐标，又快速地输入数据，这回屏幕上显示的是一个视频窗口。

而模糊的画面中，赫然是挽着宋瑾，脸颊因为吸了一大口奶茶变得鼓鼓囊囊的夏未来。

南森黝黑的双眸再次变得温润起来。

宋瑾听说了自己基友在男神面前把这辈子的脸都丢光了之后，就准备趁着夏未来哪天有空，请她吃东西弥补她千疮百孔的小心灵，顺便当面嘲笑一下她。

但是没想到她没来得及嘲笑夏未来，小伙伴就很给力地爆了一个大料给她。

"男神跟金杯接吻了？接吻，你懂什么叫接吻吗？"

宋瑾倒吸了一口气，瞪大眼睛，难以置信地看着夏未来，紧接着立马问："谁主动的？什么姿势？什么情况下？真的，接吻了？"

我都还未拥有过男神，却感觉自己已经失去他千千万万次。

那是因为身边有个贱宋，在不断逼我重复描述当时的场景。

夏未来决心充当一次真的勇士，直面那天晚上惨淡的现实，以求早点认清现实，放弃对男神的非分之想。她也不知道这是第几次在脑子里回放了那天晚上让她惊慌得不知所措，也伤心得悲痛欲绝的画面。

努力让自己保持常态，不露出丝毫异样，她用自己一贯的语气，轻描淡写地说："是的！就在我眼前！我亲眼看到的！"

话里的重音放在"亲眼"两个字上。

大概是她伪装得太好，贱宋没有发现夏未来半点的不对劲。贱宋还沉浸在信息量特别大的爆料中难以自拔："虽然我早就接受了南森和小杯杯是一对的事实，但为什么听到你说他们俩接吻的消息，我还是会感到非常震惊呢！"

谁说不是呢？

夏未来眉眼低垂，把心事都藏在眼睛里。

因为场面过于震慑，她都后知后觉地发现自己对南森的真实情感。

那天好不容易做好的心理建设，最后被一首歌给毁得溃不成军。可痛快地大哭一场之后，夏未来也下定决心，让自己不再喜欢南森。

她不想让自己对南森的态度一直奇怪下去，更不想让南森成为自己心里的一块疙瘩。被父母娇惯长大的她应该是个洒脱快乐的人，而不是心中藏着一个人，为他每天谨小慎微地遮掩自己的真情实感。

喜欢如果注定无法得到回应，还不如索性丢开，做朋友来得自在。

不过她也不好意思把这场无疾而终的暗恋拿出来对别人说。就算是好朋友，也只有在自己真的释怀之后，再拿出来当过往评论。

　　这么想着，夏未来的内心也稍微敞亮了一些，连带着声音也透着清亮："就是说！你听到这个消息都觉得很惊讶，那你想想我还是亲眼看到的，完全打开了新世界的大门。"

　　"会不会是我们太少见多怪了啊。"

　　"大概是，毕竟是还没有接过吻的我第一次在现实生活中看到两个大老爷们在接吻。"那画面应该会伴随自己一生，到老都不会忘记了。

　　宋瑾一听就非常心疼夏未来，连初恋都没有过的孩子就被残忍地秀了一脸恩爱，太悲哀了。她递给夏未来一杯奶茶："心疼你，来，喝杯奶茶暖暖心。"

　　大夏天让我喝热饮，你是怎么想的？

　　夏未来满头黑线，嫌弃地扫了一眼宋瑾。但奶茶都被人送到嘴边了，她也就是动动嘴的事情，也就无所谓地喝了起来。

　　"不过，作为一个颜粉，我男神幸福最重要。"

　　反正我们也没权利过问男神的生活。

　　这是夏未来纠结了好多天才得出来的结论。虽然说出这句话的时候，她还是会有些心酸。

　　她本来还想继续深沉地说点什么，却被热得不耐烦的宋瑾一口打断："热死啦，我们赶紧进商场里面吹冷气。"

　　"男神千千万，自有后来人。"夏未来装作没听到，还是把自己没说完的话给说了出来。

大概这是她现在，最想说给自己听的话。

"夏老师，我快被晒死了。我们能进商场再说吗？"

哦。

可是我觉得今天我大概不怎么想爱你了。

南森只是忽然心血来潮，他有好多天没见到夏未来了。这个认识似乎是打开了一个开关，让他满脑子都是夏未来，根本静不下心工作，所以他打开电脑，想看一下现在的她正在做些什么。

于是南森定位了她的手机，找到夏未来现在的位置，用自己作为国家信息安全局编外人员的身份特权，堂而皇之地进入了当地的监察系统，调取她附近的监控。

他在电脑上不断切换着周边的摄像头，屏幕里的画面也跟着夏未来进了商场。

工作日的下午，商场里人并不是很多。不过他还是输入了一串代码，电脑上分出了九个小窗口，分别是从商场不同方位的摄像头里面截取的画面。

360 度不同机位的夏未来。

他不停地修改监控里的视频像素，拉近镜头，以便清晰地看清夏未来脸上的每个表情。

突然间，南森拉开和电脑的距离，重新靠在椅背上，自嘲地笑了一下。

原来，心神不宁一直牵挂着一个人的心情是这样子的。

以前的他可能也不会想到，为了见一个人，自己居然要用到这样子的办法。

他深呼了一口气，准备关掉窗口，重新把注意力放回到自己的工作上来。

可就在他要关掉的那瞬间，因为一个手滑按到了别的键，屏幕上的监控画面又换成另一个摄像头里的视频。南森随意一扫，脸色慢慢地凝重了起来。

因为这个摄像头，被安装在试衣间里。

而其他常规的监控器里，是夏未来接过宋瑾递给她的衣服，准备进试衣间换衣服的场面。

夏未来和宋瑾本来也只是想在商场里面吹吹冷气歇歇脚，外面正在下一场雷阵雨，等天放晴了再出去也不迟。但她们还是高估了自己的控制力，也低估了购买欲。两个人一逛起服装店，就觉得自己春夏秋冬每一个季节都没衣服穿，根本就把持不住自己的双手。

当她挑出一堆衣服，正准备进试衣间一一试过去的时候，帮她拿包的宋瑾走过来递给她手机。屏幕里是一个陌生号码。

夏未来无奈地叹了一口气，陌生号码的话，大概又是哪位家长打电话过来要和她沟通自己孩子的问题。她朝着店内的沙发椅挪了几步，如果真是和家长聊教育问题的话，一定会说一段时间，还不如先找个位置坐下来。

"喂，你好。"

"是我，南森。"

南森把手机开启免提放在一边，和夏未来说着电话，又打开一个窗口，双手飞快地在键盘上敲下一串串代码程序。偶尔还抽出时间，看一眼左上角的监控，查看夏未来是不是还坐在沙发上。

男神？

虽然从电话里听，声音还是这么磁性低沉又迷人。耳朵都快怀孕了……啊不对。

现在不能像之前那样随随便便在心里调戏男神。

夏未来眼里的难过转瞬即逝，她立马端正态度，在心里默背三次"男神爱金杯，男神是有主的"。

电话那边除了他的声音之外，还有一连串急促有力的键盘声，也不知道南森这么忙的时候为什么还分心打她电话。

可她更好奇的是，南森是怎么知道自己电话的。于是夏未来也这么问出口了。

南森打电话之前就想好了这个问题的答案，他不急不慢地说出准备好的借口："之前陈栎借过我的手机，可能他拿去打过你电话吧。"

是这样子吗？

夏未来下意识地眯起眼睛，回忆了一下是否接过陈大力用陌生号码打来的电话。

不过，理智还是偏向了南森说的话。她在心里责怪起陈栎。为什么不早点对她说拿男神的手机给她打过电话，那时候的她一定会小心翼翼地存起号码。

手机里有男神的号码，她就算不会给男神打骚扰电话，也会觉得很开心！

而现在，半点存号码的心思都不会有。

"你，现在有空吗？"南森已经给这个非法摄像路径安了一个拦截信号的程序，现在开始顺着这个摄像头原来的信息流进行反追踪，试图查到接收这个摄像信号的 IP 地址。

夏未来不知道该怎么回答。

放在以前，他这么问的话，自己应该会很高兴吧？

虽然她认为自己已经想得很明白，可道理都懂还是没用啊。

短时间内，她都还没有完全做好当面看到南森的准备。夏未来低头看着自己的指甲，装作漫不经心地问："我和朋友在逛街，你有什么事吗？"

"我妈过几天生日，想送她点东西。不过我以前送的她都不满意，所以想请你帮忙，挑选一下礼物。"

"我，也不是很会挑选礼物啊。"夏未来一脸蒙，这次真不是推托的借口。

夏妈妈除了每年的生日，再算上三八节母亲节，夏未来只会在微信里发一个大红包给她，顺便说几句祝福的话。

每次夏妈妈都会截图发朋友圈，对她一票姐妹们炫耀自己的女儿多贴心。

不过，夏未来觉得自己妈妈认为收到的最有意义的生日礼物，大概是一张贺卡。那是她小学上手工课的时候，按照老师教的步骤做了一张专门送给妈妈的卡片。然而那天放学回家忘记拿出来送给夏妈妈，过了很久，等到妈妈过生日的时候，夏未来才想起还夹在课本里的贺卡，还福至心灵地在贺卡上歪歪扭扭写下了"祝妈妈生日快乐"。

这个礼物被夏妈妈一直念叨给陈栎听。

夏未来也从来没告诉过妈妈事实，就让她这么继续感动下去。

"你以前送你妈妈的礼物都是什么？"夏未来问。

"钱。"

南阿姨不满意，真的不是你给少了吗？

脑子里有这个想法的时候，夏未来立马拍了一下自己的头。力道之重，让一旁的宋瑾都觉得疼。

看起来，南阿姨是一位有追求的妈妈。绝对不是像她妈妈那样，用红包就能够讨好的人。

她想了一下："你可以买护肤品，或者衣服、围巾之类的送给南阿姨。大概南阿姨比较重视礼物背后的心意吧。"

南森并没有耗费多少时间就拿到了 IP 地址，发送给警方之后，他才凝神看向视频里的夏未来。

"正好碰上你在逛街，我现在过去，你帮我挑一下吧。"南森看到视频里，夏未来张着嘴巴瞪大眼睛的样子，笑了一声，"你会帮忙的吧？"

真是任性。

都这样子开口问了，她能拒绝吗？

而且，夏未来不能接受自己因为心虚，不敢见南森的事实。

她和宋瑾使了下眼色，妥协道："来吧，我们在万达广场这边的春天百货。"

南森到的时候，夏未来正站在商场大门口无聊地来回踱步。

宋瑾刚刚被导师的一个电话叫走，刚好南森打电话说自己快到了。于是夏未来就干脆送基友到门口，顺便站在这里等他。

外面大雨依旧瓢泼。雨幕中渐渐出现南森的身影。

他穿着格子衬衫牛仔裤，里面搭着一件纯灰色 T 恤，单手插兜，撑着伞在雨中走得从容且自在。夏未来突然移开视线，看着地上，她还是低估了男神对自己的影响力。因为此刻，她的心里也有细流，正如同这漫天大雨一样，砸在地面上散成一朵朵水花。

原本所有对自己感情的信誓旦旦，在见到他的那一刹那，全然崩溃。

再抬头时，南森已经来到她跟前，额前垂着被雨打湿的碎发。整个人氤氲着水汽，连带着一向清冷的脸庞都变得柔和。

两个人站在商场两扇玻璃自动门之间，逼仄的空间让夏未来有点拘谨。

她赶紧错开目光，从包里翻出纸巾，眼神直视落在他的肩膀上，把手一伸递给他："喏，给你纸巾，快擦下吧。"

可是下一秒，眼前被一抹灰色挡住，她陷入一个清冽好闻的怀抱中。

夏未来整个人在骤然而至的拥抱里僵住，刚伸出来的手此时已经定格在男神的背后，容不得接收大脑发出的半点信息。

或许，应该是根本没指令让它明白，现在到底该放在什么位置。因为她脑袋里像是有成千上百个夏未来，在做着小岳岳经典的捂嘴动作说："我的天哪，男神他——抱我了抱我了抱我了。"

感觉像是过了一个世纪之久，南森才渐渐后退了几步距离，接过夏未来也跟着像是举了一个世纪之久的纸巾，擦拭被雨水打湿的头发。

来的路上，他才后知后觉地害怕起来。

如果今天他没有定位夏未来的行程，如果他早一分钟关了监控画面，如果他没有手滑点错按键……

想了那么多如果，在见到夏未来的那一瞬间，只想拥她入怀。

还好，他能保护夏未来。

夏未来的脑子当机了一会儿，随即扭身看向门外湿漉漉的世界。

大雨滂沱，在本该哗啦啦只剩下雨声的世界，夏未来却只能听得到自己的心跳声，一声盖过一声，让她担心会不会别人也能听到。

她不露痕迹地小心换气，试图慢慢安抚自己跳动得过于速度的心脏。

　　远处车来车往，喇叭声此起彼伏，偶尔车身经过的地方会溅起一片水花，使得路边的行人纷纷避让。等车开过之后，他们再打着伞继续走，伞面压得很低，以便遮挡四面八方袭来的雨水。商场前的广场上，有小孩子穿着雨鞋，披着雨衣，全神贯注地踩着地面上的水坑。

　　你看，她能清楚地描述外面的所有状况，可为什么注意力始终还停留在，刚才那个让她措手不及的拥抱上面。

　　"所以，你刚刚……想要给你妈妈买什么？"

　　问题说出了一半，硬生生地被夏未来转到另一个话题上。天不遂人愿，这个时候刚有几个女人从外面跑进来。因为南森的外形，经过的时候，他们这对堵在门口的人还得到了好几道若有似无的目光。

　　夏未来懊恼地扭过头，对着映在玻璃门上的那群人影龇牙咧嘴，丧气地垂下头。

　　她二十四年的勇气值攒在一起，也问不出刚才想问的话了！明明心里一千一万个想揪着男神的衣领，面露凶色地威胁他："你今天不给我说清楚，刚才的拥抱是几个意思，就不准出这个门！"

　　但是已经错过了最佳时机。她大概没有刚才的孤注一掷，去从男神嘴里得到答案了。

　　刚刚她差点就问出来了。

　　南森心里叹了一口气，眼神暗淡下来。

　　不过看到冲着玻璃门做鬼脸的夏未来，知道有她陪着他郁闷，忽然心情又好了起来。反正他已经扔下了一颗种子，就让她的疑问在心底生根发芽，肆意生长吧。

南森伸出左手，食指擦过中指轻轻用力，弹在夏未来柔软的发顶："走吧，礼物的话，你看着办就行。"

然后，他径直往商场里走去。没几步，发现夏未来还愣在原地，他又转过身，挑高眉："还不走？"

夏未来闻言，摸着刚刚被男神弹到的地方，对他皱了皱鼻子，三步并作两步地跟上去走在南森的身边。

Chapter.16——

喜欢这件事情，如此不
公平

　　夏未来一边用余光打量南森，另一边她的脑子里又开始无限回放，
刚刚在男神怀里的那个瞬间。

　　大概是自己最近又胖了两三斤，看起来一副抱着很舒服的感觉？

　　也可能是男神他参加了一个"拥抱陌生人"的公益活动？

　　大不了，就是男神他最近生意做到国外去了，一时之间社交礼仪还
没有切换回天朝模式？

　　夏未来的大脑弹幕里全是这种不着四六的理由。

　　她不敢去细想刚才男神到底是出于什么原因，怕自己想得太多，容
易自作多情。

　　我们每个人都有一段理所应该被允许的做梦的年纪。

那时候少不更事，总是一厢情愿地相信走在人群中，自己是那个脱颖而出承包所有人注目礼的焦点。总认为在别人眼里，自己应该是世界上最特别的那个女生。

可后来，当发现那段人生大概是黑历史的时候，才不能容忍自己的半点想入非非，只怕是自作多情。就算没有对别人说出口，心里也会有小小的难堪。

所以就算夏未来在胡乱猜测的时候，脑子里闪过一丝快得让人抓不住头脑的念头，也因为她的不敢追究而错过。

"你这么会撩妹，对得起你的性取向吗！"

夏未来偷偷斜了南森一眼，看他脸上表情一如往常，心里不由得有点迁怒南森，凭什么他一个简单的动作，就能让自己这么多天的心理建设，全都分崩离析轰然倒塌，而他却全然没被刚才发生的事情所影响。

这么想着，又不免为自己感到有些委屈。

她立即阻止自己的情绪蔓延开来，转头环视四周，自顾自地加快脚步朝着一个护肤品柜台走去，也不管南森到底有没有跟上来。

"就买这个吧。"

夏未来站在柜台前，礼貌性地笑着听完柜台销售顾问的介绍。微微仰起头，拿着手里的一套护肤品问南森，视线却停在他的格子衬衫上。

她今天扎着一个丸子头，一身白色蕾丝连衣裙，以及一双平跟凉鞋，娉婷婀娜地站在那里，笑意盈盈，往日不甚明显的梨涡也挂在嘴角。

可南森就是觉得，现在的夏未来好像不开心。

"可以。"他点头，看了夏未来一眼，想了想又不自然地接上一句，"我妈她会喜欢的。谢谢。"

买完东西出来后，雨势渐收，但也还是微风细雨，难得的凉爽清新。

夏未来不喜欢雨天，因为下雨天走路总会湿了鞋，顺便还会让身后的衣服沾上泥点。此时她正踮着脚尖，轻盈地跳过水坑，坐上南森从停车场开出来的车，跟他一道回小区。

车内播放着一首轻柔的钢琴曲，南森坐在驾驶座上一言不发地开着车，偶尔在等信号灯的时候，扭头看向坐在右手边的夏未来。她低头玩手机，他能看到她的睫毛一扇一扇，像蝴蝶翅膀一样上下扑棱，似乎自己的心里也有一丝微痒的感觉。

两个人之间没有一句话的交流，可也不是那种让人尴尬的静谧气氛，因为夏未来的微信声一直响个不停。

贱宋跟她是有多大仇！

夏未来被这一连串声音吓得立即关闭了声音键，然后在手机不断嗡嗡作响的振动音中不好意思地看了眼南森。他目睹自己手忙脚乱关声音的过程，现在嘴角正高高扬起。夏未来只觉耳朵一阵发热。

她低下头，用力点开贱宋的聊天窗口，想看她到底是给自己一条一条发了多少信息。

贱宋："啊啊啊啊啊啊啊啊啊！"

贱宋："啊啊啊啊啊啊啊啊啊啊啊啊！"

贱宋："我好激动好激动好激动……"

贱宋："来来，过两天演唱会就要开票了！我们说好的一起去看演唱会！"

贱宋："有生之年系列，过了这次就没下一次的！"

贱宋："十周年纪念演唱会！"

夏未来的情绪一下子 high 起来了！对对对，演唱会！

她们的偶像男团平时很少来内地开演唱会，特别今年还是十周年，据说演唱会上的福利也比之前的要多很多。

很早之前贱宋和她就约好要去看这次的演唱会。

可是——有一个很严重的问题。

夏未来："演唱会门票我们应该抢不到的。这个比双十一秒杀还困难。我已经战略性放弃了，准备去找黄牛买张票。"

贱宋："所以，我才那么激动！"

贱宋："金杯说，可以找他老大写个插件，抢票的事情分分钟搞定。想哪个位置就坐哪个位置！"

贱宋："他说他打电话跟南森说！南森是不是在你边上？"

"这峰回路转的剧情。"

"看到金杯两个字就有点心虚，怎么破？"

"什么时候贱宋和金杯这么熟了，突然有种好友要被抢走的感觉。"

夏未来正准备打字回点什么给贱宋，南森车内的蓝牙电话就响了起来。金杯果然是雷厉风行的行动派，为他点赞。

"喂，老大，你和夏老师在一起吗？"

下午他在自己的办公室里，透过玻璃窗看到老大手里握着车钥匙，准备离开公司，好奇心强的他立马丢下手里的一堆事情，跟着跑了出来。

问老大要去干什么，他说编程没有头绪，出去兜兜圈醒醒脑。

这种敷衍的借口怎么糊弄得了跟他关系匪浅的自己。虽然不是女人，但独树一帜的第六感告诉他，老大肯定是要出去见夏老师的。见好就收的金杯立马熄掉自己当电灯泡的打算，乖乖回去上班。

就在之前，他看到宋瑾的朋友圈说演唱会这两天要开票了。自己关心地问了下，没想到又为老大揽下了一个让他露脸的机会，追女朋友就是要见机行事见缝插针啊。

夏未来听到金杯点出了自己的名字，瞬间正襟危坐，努力支起耳朵听金杯的下一句。

南森眼神饶有深意地掠了眼夏未来，又重新注意前面的路况，漫不经心地说："对，有事？"

"我听宋宋说，夏老师要和她一起去看演唱会，但是门票特别难抢。"金杯故意在"特别"两个字上拖长了音，"要是抢不到票，她们就得去买黄牛票，那多不划算哪。你说是吧，夏老师。"

夏未来特别同意地重重点了个头，点完才想起金杯看不到，又说了一个字："对！"不是一般的难抢！

她看向南森，尝试着在他脸上查找出一丁点被自己感染的蛛丝马迹。

男神，感受下我的语气。黄牛票那是贵了好几倍的价格！还不能保证是真的！

"于是，老大，恰好这不是有你吗？"金杯得到夏未来的响应，立马口齿伶俐，有依有据地继续说，"你随手写个小插件，就能让她们分分钟抢到票。"

夏未来在一旁听得心花怒放，梨涡浅浅地挂在脸上，眼睛也眯成一弯笑眼。她正在畅想自己开了挂一样，抢票付账的那一幕情景，全然不知自己的这副样子全落在南森的眼里。

之前一直担心会不会太耽误南森时间了。

虽然明白技术层面上，他肯定能没问题，但是真的不会太麻烦吗？

可是金杯都这么说了，那就应该是没关系的吧？

所以，等金杯真的抛出这块砖来，夏未来立马激动地把双手搭在南森的手臂上，说："真的吗？会不会太麻烦你了？"

手掌心感觉到不属于自己的温度，她像是被烫到一样，立马弹开。

好像又一不小心揩了男神的油，夏未来耳朵又开始变红，心底发誓回去一定会替男神教育一下自己灵活敏捷的双手。

她低着头，赶紧想要退回座位上，就听到脑袋上传来男神低沉温润的声音："举手之劳，不会麻烦的。"

去看场偶像演唱会的愿望马上就能实现了。夏未来高兴得一直在嘴里不断哼着男团以前的歌，南森在一边听得心情豁然开朗，之前一直在考虑的事情也得到了解决。

车子开进了"曲院风荷"，许是已到晚归时候，小区里面满满当当停满了车。艰难地找到停车位，等南森拉好手刹，夏未来已经利索地拿起包，打开车门准备下车，却被一把拉住。车门哐当一声又被关上，夏未来却呆愣地盯着自己手腕上不属于自己的温度。

她微微用力，挣开南森的手。咬着下唇，轻挑眉头望向一直看着她的南森。

所以，男神是为什么要拉着她？

心跳如雷。

夏未来总觉得今天的南森不同于往常，可是又说不上是哪里不一样。她试图想在南森的脸上，找出一丝不同。

四下安静无声，车内有种莫名的情愫暗自繁生。

在意识到自己已经盯着南森的脸看了很久之后，夏未来赶紧低下头，眼皮轻颤，她忍不住拽紧自己的裙子，不一会儿手心有点汗湿的黏腻。她能感受到自己脸颊上的温度又在飙升。大概等一会儿，就能从反光镜里看到一个脸红得可以滴血的自己。

"安全带还没解？"

还是他平时冷静自持的声线，可无端让夏未来无比害臊。车内的气氛一瞬间凝固，只有音箱内倾泻而出的钢琴曲还缭绕在耳边。

一句话，像是一盆冰水，倾盆泼下。

刚才所有让她小鹿撞怀的那些想入非非的火苗，被这盆冰水浇得一干二净，只留下余烟袅袅。

啊，原来要说的是这个。

在脑袋空白一片了几秒之后，夏未来才反应过来。她竭力控制着不让自己露出任何异样，即便现在自己脸上的表情连她都不知道是什么样的。她耷拉着头，只恨自己今天没有披着头发，也无比希望自己有瞬移术，她保证眨眼间就可以消失得干干净净。

感觉到左边有阴影靠近，夏未来诧异地看向逼近自己的南森，身体下意识地带着排斥的意味靠向车门一边。

南森像是没有察觉到夏未来的动作，他双眸低垂，左手按着安全带，右手轻按锁扣。在狭小的空间里，"吧嗒"一声。

夏未来出游的思绪被这一响声唤回来，赶紧从他手里接过安全带，顺着牵引力，把它归置回原位，也不敢再瞧一眼南森，只是缩着脑袋小声地说了句"谢谢"。

夏未来呀，脸大也经不起你这么丢的啊。

这回，她总算下车站在了地面上，也不顾什么礼貌不礼貌，头也不回朝楼里走。

　　雨滴从云层中落下，滴在她的脸上，冰冰凉凉。

　　夏未来觉得她的五脏六腑也是，不断地往下掉，但却不知道能着落的地面在哪里，这让她非常难过。

　　身后有脚步声响起，没几下南森就追了上来，头顶上被盖住一方天地。她没有抬头，余光中可以瞥到南森的衣角，和她距离近得让夏未来又能闻到一阵薄荷味。

　　"你是不是不开心？"

　　南森略低下头，瞄了眼她脸上的神情。

　　"没有啊。"夏未来敷衍地抬头扯出个笑容，又迅速埋下脑袋，"我只是饿了，想早点回去吃饭。"

　　"对不起。"

　　突如其来的道歉，让夏未来又吓了一跳："为什么对不起？"

　　"让你变得不高兴？"

　　走到了大厅，南森收了伞，继续看向夏未来："我不知道哪里做得不对，但是让你不开心，是我的错。"

　　夏未来努力眨了下眼睛，她也不知道怎么回事，只是脑子里收到了自己眼睛说她想流泪的信号。刚才委屈的小情绪立马消失不见，心中溢满了难以言语的感动，以及酸涩。

　　他注意到了她的不开心，也愿意为她的不开心负责。

　　你看看你有多厉害，几句话就能决定我的心情。

所以啊，喜欢这件事情，如此不公平。

夏未来也有些不好意思，死活撑着自己的面子。她的眼里水汽氤氲："不不不，我真的就是饿得不高兴了。你听过起床气这种事情吧？其实还有种东西叫饿肚子气。我就是这样，一饿就不开心。"

南森听她一本正经地胡说八道，偶尔点头附和。

她真的不适合说谎。一说谎就脸蛋红红，眼神游移不定。

夏未来的声音渐低，其实刚才胡诌的那段底气也不是很足。

"那我们上去吧。"

"嗯嗯，走吧。"

夏未来脚步轻缓，落了他两三个身位。看着南森的后背，嗯，像是男模一样，连背影都这么迷人。

可是他就这么头也不回地朝前走着，步伐坚定得像是身后的人一旦停止追逐，他就会走出这个世界。

其实男神也很无辜，没经过他同意就喜欢他，说不定男神一心把自己当成朋友呢。

我一心把你当朋友，你却想睡我。

夏未来脑补了下男神以后如果知道自己喜欢他的表情，痴痴地笑了出来。

南森恰好在夏未来欣赏他背影走神的时候回头，电梯门已经打开，他站进电梯里，手扶着门。看到夏未来还在几步开外，他脸上带着玩味的笑意，说："你进来还是照样可以看的。"

男神，我现在的心情很容易复杂，你不要这样子对我说话啊！

刚才的胡思乱想，一定是车上的后遗症。

我等下回去就吃药，精神恍惚得连自己都忍不了。

夏未来心里五味杂陈，睨了他一眼，又小跑两步，进了电梯。

电梯门缓缓关上，在一阵失重的感觉里，夏未来听到男神的声音说："你不问我下午为什么抱你吗？"

南森盯着电梯上显示的楼层数，察觉到夏未来的目光，回头看向她。

似乎是没想到他会主动开口说这件事情，夏未来瞪大眼睛，因为吃惊，嘴巴不自觉地微微张大。

闪过刚才自己在车上的窘迫，夏未来又重新想起自己在商场里想到的十万个理由。那么多原因，总会有一个是南森的答案吧？可她就是好奇，到底哪一个才是他的理由。

夏未来在纠结到底要不要开口回答这个问题的时候，电梯的人工女声恰巧响起，提醒他们 11 楼到了。

夏未来看南森抬起脚步，好像也没有开口跟她说答案的意思，就出了电梯。他转身抬起手，夏未来以为这个动作是要跟自己道别，于是也跟着举起右手。

只见南森挡住已经开始阖上的电梯门，眼里的笑意闪着碎钻的光芒，像是装进了一个银河系的浩瀚星河一样，让人也跟着不自觉地眯起笑眼。

他侧过脑袋，看向旁边一侧，呼了一口气，随即像是下了什么决定，又快速和夏未来的视线对上。

"因为，我真的很想。"

然后，他收回手："再见。"

电梯门重新阖上，把挥手告别的人挡在门外。

我真的很想。

这是什么意思？夏未来在门关上的那刹那，蹲下身，双手抱住脑袋。

"最烦这种说话说半句的人，是男神也没用！"

"活了二十四年，才发现自己的语文其实并不好。"

"刚才她就不应该傻站着，拉住男神让他再用英语说一遍的！"

等夏未来百思不得其解的时候，电梯门再次打开，她顶着刚被自己拨乱的头发往外走，准备回家先好好吃顿饭再认真想一下。

身边有人和她擦身而过，夏未来下意识回过头，发现电梯里的那人并不是她这层的邻居。不过，没等她多想，电梯门随即关上。

她扭头提步准备往家里走，但，这哪是12楼啊！

分明电梯又重新下到了一楼。

夏未来抽了一口气，闭着眼睛拍了下自己的脑门。今天还真是不宜出门，就该老实待在家里的。

她重新按了电梯，拿出手机登录自己的微博小号。不一会儿，全国各地的粉丝发现，自己关注的"来来我是一颗菠萝"又更新了。哦，对，在看到南森和金杯接吻的那晚，她就已经把爱意浓浓的微博 ID 给改回来了。

来来我是一颗菠萝："求各位理论知识学富五车的单身狗做一道阅读理解题。'你不问我下午为什么抱你吗？''因为，我真的很想。'这两句话表达了什么意思？"

冲完凉洗完头，夏未来觉得自己今天难得地神清气爽。她坐在电脑前，趁敷面膜的这段时间，登录微博小号查看国家大事。

大概是因为晚饭前的那条微博，右上角提醒自己有九百多条评论。她并没有点进去查看网友们的回复，毕竟她知道网上这些人的神回复实力，现在自己敷着面膜呢，等下万一笑得皱纹都出来了呢。

夏未来决心不能浪费自己的面膜钱，她先刷了一圈自己首页上的消息。发现自己关注的大 V 们都在集体转发同样的消息。大致意思是让女生朋友们多注意点商场里的试衣间，换衣服之前先查看下有没有被安装针孔摄像头，以及测试镜子是否是透视镜。

因为营销号集体关注，这则消息在微博上传播得沸沸扬扬。还有一些博主翻出了以往新闻上报道的相关案件，用来佐证事情的严重性。

夏未来差不多把首页上所有关于商场更衣室的微博都看了一遍，带着"这个世界真危险"的防备心转发了一条微博，还留言说："可怕。朋友们以后试衣服的时候都要注意一下。"

一个新时代的网民，最宝贵的品质就是随手扩散重要消息。

　　南森正在写下午答应夏未来的抢票插件。其实，他更愿意直接送她两张门票。但夏未来想来也不会无故接受。

　　不过现在他看起来不在状态，半天都没有敲下一行代码，心里一直牵挂着另外一件事情。

　　这时，放在一旁的手机发出一阵轻响。

　　这是他特别设置的提示音。

　　南森左手离开键盘，拿起手机轻车熟路地点开夏未来的主页，看到她新转发的微博之后，才放下心。

　　既然都转发了，那就表示她看到了，以后也会提高警惕吧。

　　那另一条评论呢，也能看到吧。他特地刷了很多赞，变成了热门评论。

　　下午回来之后，南森立马把夏未来微博账号关注的营销微博全都筛选出来，私信请他们帮忙发一则微博。

　　所以才有了晚上，夏未来首页上几乎所有微博都在谈论这件事情的场面。

　　他点开支付宝，把请营销号发微博的广告费尾款全都打了过去，又把手机放回原位。

　　然后，敲键盘的速度变快了，三两下就写好了程序。

　　登录 QQ，点开夏未来的对话框，他把刚写好的软件给她发过去。

　　还没等自己发送离线文件，对话框就显示，对方已经成功接收了。

　　这么快，看来她一定也在电脑前。南森嘴角上扬，在电脑屏幕的左上角，切换出一个小窗口，赫然显示的是夏未来此时的电脑页面状态。

　　上次给她重装系统的时候，不仅是帮她把某些和谐资源都删了，他还写了一个小病毒放在她电脑里，随时可以呈现她电脑的即时状态，查看她的浏览历史。

　　他简单地发了几句话，告诉夏未来，只要在抢票之前，打开软件，按顺序设定几个备选的位置，到时候会自动顺着位置的排序优先抢座。

　　"抢到票之后，请你吃饭表达我的感谢之情！"夏未来有了南森的技术支持，对于抢票这件事，根本不放在心上。

　　这种机会，南森显然不能放过。他笑着回了句："那就让你破费了。"

　　他起身站在窗口，窗外夜幕深沉，月明星稀。

　　虽然只是文字形式，并不能看到此时她的表情。可南森仿佛觉得，夏未来就在自己眼前，如同夜色一样的黝黑湿漉眼睛里，泛着点点星光，讨好地对他露出梨涡。

　　夏未来高兴地把男神发过来的软件放在了桌面上，想到他之前在电梯里说的话，又愣了一下，然后才腾出手来抚平因为刚刚的表情变化而皱得起泡的面膜纸。她站起身，躺在身后的床上，拿起床头的手机，点开微博图标，开始慢悠悠地，在之前发的那条阅读题微博下面看评论，一条一条认真地考察大家的语文理解能力。

　　可能是因为修饰词伤了单身狗们的脆弱心灵，将近一千条的评论，大部分都保持一致队型，集体表示拒绝做题。

　　"这道题的答案我大概能打 99 分，少 1 分是谦虚，然而为了证明我不是单身狗，我拒绝回答。"

　　"答案 so easy，但是单身狗的我不仅仅理论知识很多，所以实践经验也很多的我拒绝回答。"

　　"这道题我会做，就是任性地拒绝回答。"

　　现在的粉丝们为什么这么傲娇！这么倔强是有钱拿吗！

　　我认错，还不行吗！

　　夏未来不服气地哼了一声，吸取教训，准备下次继续发扬风格，还这么我行我素地发微博！

　　右手轻拍敷在脸上的面膜纸，左手继续在手机上划拉，她翻到一条点赞数特别多的热门评论，大概地浏览了一下，骤然之间"垂死病中惊坐起"，立即掀掉面膜，重新拿起手机看了一遍。

　　林木："他很喜欢你。"

　　一句话才五个字而已，夏未来反反复复地看了好几遍，她怕是自己今天太迷糊，以至于看错了上面的每个字。

　　等到她读到都快不认识那几个汉字的时候，她才终于确定，自己没有理解错这条评论的意思。

　　但是，怎么可能呢？

Chapter.17——

最近真的不想看到你啊，
南森

夏未来踩着下课铃声，走出了高一7班的教室。

她在学生中间受欢迎，不拖堂这个美德大概也是重要的加分项。

九月份的南方，秋老虎肆意，就算是傍晚时分，气温也依旧灼人。夏未来抱着课本，尽量贴着走廊的墙角走，不让自己的腿暴晒在阳光底下。经过5班的门口，正好和从里面出来的伍声撞个满怀。

周围的学生见此情景，又开始起哄。

伍声双手扶住夏未来，等她站稳之后才巡视了下四周不知道天高地厚的小崽子们："再不走，小心你们的夏老师今天多加几张卷子当作业。"

英语试卷的威力还是挺大的，至少大家都不敢光明正大地看老师笑话了。

"今天你怎么在 5 班上课？"夏未来身正不怕影子斜，没有把这点小事放在心上，"一起去食堂吃饭？"

"陈老师家里临时有事，找我换了一节课。"伍声接过夏未来手上的东西，走在她左手边，帮她遮挡一些阳光。

两个人顺着下课人流走出教学楼，往食堂方向走。在穿过郁郁葱葱的 T 字形回廊的时候，夏未来一眼就看到南森在左前方的另一条长廊上正朝她的方向过来。

光影绰约，夏未来恍惚以为他们是隔了好几年没有见面，可仔细一想，其实也不过才三天。

他今天穿着夏未来以前在商场里，帮他挑的白色 T 恤和七分卡其裤，简单清爽，在一众统一样式的校服中间，异常显眼。

经过的女生都会看他一眼，然后捂着嘴小声和身边的人交头接耳。夏未来打赌，自己一定可以猜到她们的聊天内容。

南森还没有注意到她。因为迁就旁边谈话人的身高，他略微低头，不知道和身边的副校长说了什么，让副校长一副与有荣焉的样子，欣慰地拍了下他的肩膀。而他依旧是副云淡风轻、岿然不动的样子。

夏未来想到那天晚上自己微博下面的那条热门评论，悄悄地跟伍声换了一下位置，企图拿他遮挡一下自己，就这么和南森擦肩而过。

南森抬起头，一眼就看到了人群中的夏未来，连带着，和她身边的伍声。他顿了一下，信步朝她走来，两方人马相遇在回廊的交会处。

南森目光灼灼，问夏未来："你才刚下课？"然后，又对伍声礼节性点头示意。

夏未来避开他漆黑如墨的眼睛，和副校长打了个招呼，没有直接回答他的问题，只是问："你今天怎么在这里？"

不是自己开公司的吗？难道 Boss 可以这么悠闲？

最近真的不想看到你啊，南森。

"未来和南森认识？"一旁的副校长笑眯眯地插话。

"我们是……朋友。"说完，她还心虚地望了南森一眼。第一次在别人面前，定义自己和男神的关系。

副校长点点头，然后说："今天有机会请到南森回来，给对计算机领域感兴趣的同学们做了一个简单的讲座。"

南森想起高中老师打电话来邀请自己回校演讲的时候，他眼前闪过夏未来的身影，鬼使神差地画掉了今天原本满满当当的行程安排，回答说没问题，他有时间。

副校长又寒暄道："你们这是刚下课？"

这回伍声接过话："是啊，正准备去食堂吃饭。"

"食堂？"南森闻言，挑了挑眉，他看着夏未来说，"毕业之后，我偶尔还会想起市一中的食堂。"

噗，男神是离开学校太久，已经忘记食堂都是什么套路了吗？

食堂阿姨动不动就发挥主观能动性做的黑暗料理，或者是少油少盐吃三年，怎么都胖不起来的健康菜色。这些有什么可以让男神想念的。

她们家追求养生的夏太后就能做出来！回去让她做给你吃啊！

哦，不对。我家也会单方面禁止你出现的。

夏未来在心底，坚定地提醒自己，不能再让南森来1202吃饭了，就算太后邀请也不行。

南森似乎真的是对食堂的菜念念不忘，他转身对副校长说："老师就不用送我了。就算毕业这么多年，我也不至于在一中迷了路。我去食堂吃个饭再回去，正好跟未来他们一道走。"

未来。

夏未来被南森嘴里的"未来"这个名字，震得眼皮一颤。也许是自己想得太多，未来两个字从男神嘴里说出来，总带着一些百转千回的温柔。

第一次被男神这么掐去姓氏喊名字，确实是不太自在。

校长心里有点奇怪，下午结束完讲座之后，南森又帮忙更新了学校的教务系统。本来和其他人准备代表学校请他吃饭，也关心一下这个从一中毕业的学生现在的成绩如何，结果被他婉言拒绝。他这才送南森出校门。

不过，年轻人嘛，可能和同龄人才有话聊。

校长理解地嘱咐，夏未来带南森一起去食堂，然后挥一挥衣袖就离开了。

食堂里人头攒动，夏未来感受到他们三人一踏入食堂大厅，就有无数道目光打在自己身上，让她下意识地脚步一顿。

　　看来校长主张的"让学生解放天性"的想法，实行得很成功嘛，市一中的每个学生都有一颗热爱八卦的心。

　　但是身为绯闻女主角的她实在开心不起来啊。

　　"我先去打汤。"打菜窗口的人黑压压一片，伍声把手里连同自己的教案，一块塞给夏未来，率先脱离了队伍。

　　南森看着他们之间默契十足的动作，眼神暗了一下。他拉过夏未来，躲过刚打完菜经过他们身边的学生，顺便把她手里的书全都接过来："我们先进去放东西吧。"

　　开着空调的教室餐厅里早有老师坐在里面，看到他们进来，都下意识地停止聊天，看着门口。

　　南森以前是市一中的风云人物，就算不是自己教过的学生，老师们也多有印象。

　　"南森，你怎么来了？"问话的恰好是之前教过南森一年数学课的老师。

　　"谢老师。"南森询问了夏未来的意思之后，在谢老师旁边找了个空座，"今天来给学弟学妹们做个计算机讲座。在路上碰到未来，就来顺便吃个饭。"

　　谢老师对自己学生的成就与有荣焉，和他同桌的老师夸了一下南森，又看到夏未来："夏老师和南森是朋友？"

　　夏未来眯着笑眼："谢老师关心完得意弟子，总算看到我啦。"

　　"那怎么带人来吃食堂呢？"

"这您就冤枉我了。"夏未来无奈地看了眼旁边站着的人，"他自己说要来回味下食堂的味道。"

南森也笑着点点头，跟谢老师说："我们先出去打菜了，等下再来和您聊。"

教室里灯光明亮，全班四十多人有认真写作业的，也有在抽屉里玩手机的，还有一本书里藏着另外的课外书的，但是所有人都一致地保持着安静。因为坐在讲台上的班主任，脸色特别不好。

夏未来盯着眼前的电脑，上面显示的正是今天学校论坛里面的第一热帖。

《夏老师左拥右抱，男友们同桌吃饭相谈甚欢。谁是正牌，谁是绯闻？》

看到这个标题，夏未来就一阵牙疼。拜托，她还是一只来自南方的单身狗好吗！大家这样子的写法，会让她没有市场的！

嫁不出去被夏太后逼婚，你们负责吗？

点开帖子，一楼是楼主从好多位不知名的热心群众那里搜罗的照片，然后从夏未来、伍声和南森三人，往食堂走的路上，在窗口打菜，以及就坐的位置等多方面情况，图文结合地分析，谁到底是夏老师的正牌男友。

三人走在一起的时候，夏老师走在中间，其他两位分别一左一右。夏老师和两位汉子之间的距离也差不太多，实在不好推测到底谁才是夏老师真正的男朋友。但是，接下去，他们之间的关系一目了然。

打菜的时候，伍声老师一个人孤苦无依地独自在最左侧窗口，这里暂停一下，因为楼主要为我们的伍老师心疼一分钟。而夏老师和南神，对，插播一句，这位眼熟的帅哥叫南森，牛掰事迹太多，已封神，所以送爱称"南神"，也是咱们一中毕业的，这个论坛据说就是他建立。八他的帖子在隔壁，不了解的同学们，可以点击链接直达。

好了，回到正题，夏老师和南神两个人，浓情蜜意地在另一侧点菜，看照片——

夏未来觉得自己从小没学好成语，突然忘记浓情蜜意到底是什么意思了。

问题是，哪只眼睛能看出来浓情蜜意啦！

她和南森在一起打菜，原因很简单！因为你们口中的南神不是本校师生，所以要用她的校园卡刷钱结账好吗！

为什么大家八卦得一点都不基于事实！

点菜的时候，男神负责端餐盘，顺便柔情似水地看着夏老师。而夏老师呢，负责和食堂阿姨沟通，并且！夏老师多次转头问南神意见，两个人目光交汇。看帖的各位同学，是不是隔着屏幕都能闻到恩爱气息呢？反正楼主是被虐到了！我先去吃一碗88年的狗粮压压惊，有对象的赶快抱紧对象，没另一半的请自行疗伤！

南森他有绅士风度，帮忙端餐盘，她能拒绝吗？

好歹她也算是食堂的常驻客户，当然是凭着脸熟，由她负责跟食堂阿姨沟通啦！虽然今天阿姨看在男神的份上，每份菜打得没有往常的水准，手不抖勺不颤，还多给加了半勺。

夏未来入校这么久，第一次知道，食堂的糖醋排骨，不单单只有骨头，人家的肉还是很多的。

校长说要好好照顾，务必让男神宾至如归。她能不问清楚人家喜欢吃什么菜吗？虽然味道都差不多。

三个人同桌吃饭，南神和夏老师坐同一侧，伍声老师坐在夏老师的对面。就算社交礼仪没及格，常识大家总还知道的吧？同一侧的关系明显比对面的关系更亲密些。有对象的同学们想想看，和对象还有其他人一起出去吃饭，是不是会和自己的男朋友或者女朋友，坐在相邻两个位置上呢？所以，排除错误选项，夏老师的正牌男友是南神！

于是，伍声左手边堆着的教科书，大家是没看到吗。

她入座的时候，伍声的旁边位置上放着书啊，所以她才坐在伍声对面了。

这几天，夏未来的内心错综复杂，还不能坦然接受和南森这么近的距离啊！

于是那天，夏未来的微博粉丝们发现，自己关注的"来来我是一颗菠萝"更新一条没头没脑的微博——

来来我是一颗菠萝：00后的看图理解能力让90后自惭形秽。

发完微博之后，夏未来扫视了一下班级里的学生，心里想着要是自己班学生被她逮到有在这张帖子里回复，以后的作业就每天加一篇英语日记，免得大家有时间还关心她的个人八卦。她摩拳擦掌，准备开着马甲，上去一点一点辩驳楼主的推理能力。

把事情真相还原一下，说不定还能发展出一股清流。

恰巧这个时候，夏未来的手机铃声响了。一鼓作气，再而衰的她关掉了校园论坛。好吧，这种事情，不较真不回应，热度慢慢就会消下去。

她再次环视了都在认真写作业的学生，接起电话，走出了班级。

是校传达室打电话让她去拿包裹。

这个通知让夏未来忘记刚才还困扰她的论坛帖子，整个人瞬间兴奋起来。

因为前几天，她从官网上下了演唱会上面需要用到的应援灯。如果，现在这个包裹不是应援灯的话，那么就是之前靠着南森的插件抢到的内场票啦。

一想到之前的抢票过程，夏未来就激动得不行。虽然心里还是有些别扭，但不得不承认，南森亲自编写的程序，必须很实用很靠谱，简直想五星点评狠狠夸奖它。

要不是一个真爱粉的职业操守，她真想多抢几张，然后高价卖出去。

夏未来把交易成功的截图发到追星小群里，把里面的一干人羡慕得鬼哭狼嚎。她也不好直接说出自己有开外挂，只能不要脸地告诉大家，她应该人品值高于常人。

被所有人排队形鄙视之后，她才许下承诺，以后友情帮大家抢票，虽然不保证一定能够抢到。

不知道是不是被大家传的谣言，多得让老天都看不下去了，于是在人品方面补足了夏未来。两个包裹居然同时到手了。

"我要去看偶像的演唱会啦！"

夏未来牢牢地攥紧门票，手不自觉地颤抖着。自己喜欢了十年的组合，过两天她就要面对面地去见他们了。

好像是这段乌云绕顶的时间里，唯一出现的好消息。

在经过小卖部的时候，夏未来进去买了两节电池，然后麻利地拆了包裹拿出应援灯，把电池装进去。

没有注意老板娘戏谑的目光，她在琳琅满目的小卖部里找了好几个角度，拍出来的照片都不满意。想让应援灯有意境地和门票合张影，怎么就没有拍出那样子的感觉呢？

她快快地走出小卖部。

晚上，深蓝色的夜幕中繁星点点，夏未来打开应援灯，手里还握着两张门票。在应援灯的微弱灯光下，刚好只能看清楚演唱会的名称，其他的信息被隐于黑暗中。

　　她抬起手，右手点开手机摄像头，咔嚓一声，拍下了照片。

　　点开微博，她把这张照片发到了微博上，顺便再圈了一下宋瑾，夏未来一蹦一跳地回了教室。

Chapter.18——
她 站 在 桥 上 看 风 景

下午四点的肯德基店。

夏未来坐在二楼的窗户旁，在拒绝了第4位希望拼桌的人之后，咬着吸管喝一口雪顶咖啡，无聊地望着窗外发呆。体育馆门口一片五颜六色，虽然离演唱会开场的时间还有三个小时，但已经有好多人打着太阳伞在门口排起了长队。

平时这个点应该冷清的店面，仍旧是人满为患。时不时有落单的人端着东西，从她身边经过，对她面前的空座虎视眈眈。

店里面大部分都是来看演唱会的小年轻们，别问夏未来是怎么看出来的。她们脸上印着的图案，手里拿着和她放在桌子上一样的应援灯，就知道大家都是去看晚上的演唱会的。

她拿起手机再次看了眼时间。

宋瑾今天特别悲催，本来和夏未来约好下午四点在体育馆附近碰面，先吃晚饭再去排队进场。

等她换好衣服化好妆，收拾好晚上要带的东西，再三确认没有落下什么之后，就迫不及待地准备出门去和夏未来会合。

但是，刚刚走出校门，她就接到了班长的电话。

说导师正在办公室里改大家交上去的论文，她的论文中间出了差错，导师让她现在去他的办公室。

晴天霹雳。

宋瑾抬手看了眼时间，不死心地问班长："能不能明天再去老师办公室改论文？"

结果被班长义正词严地驳回："你还想不想毕业了？他明天一早赶飞机去参加合作学校的交流会议，半个月之后才回来。现在不开始修改的话，到时候会赶不上交终稿的时间。"

宋瑾欲哭无泪，要是因为论文毕不了业的话，她爸不打断她的腿就算是亲爹。她只能打电话告诉夏未来，让她先等等，自己争取去和导师见个面，拿回论文，再打的赶过去。

可是，现在都下午五点了。宋瑾还在教师办公室里面坐着。

不远处，导师还在和班级里另外一个男生，一页一页地说着他论文有哪里逻辑不通的地方。宋瑾走过去瞄了一眼，这才说到二分之一的地方，还得有一小半的时间。

她走到立式空调前，企图用冷气冰镇一下自己心中的怒火。

这一定是她的水逆期！一定是！

贱宋："来来，来来，来来，我想哭！我前面那个人的论文到底是有多少个错！老师直接让他拿回去重写算啦！"

夏未来："那你能不能过来啊？"

贱宋："TAT 啊啊啊啊啊啊啊啊啊！好生气！"

贱宋："我可能去不了了。想哭。"

夏未来："大不了我陪你去看下一场。七点半演唱会就开始。你要是真来不了的话，我帮你原价转卖掉。"

贱宋："不！跟黄牛一个价！到时候我请你去看下一场！"

夏未来隔着屏幕都能感受到基友的毁天灭地的怒气值，心疼宋瑾一分钟："跟黄牛一个价，我怕被人打。能拿回票价钱就够不错啦。"

贱宋："算了，你转手吧。我去静静地做个充满怒火的美人儿。"

她用手机拍了体育馆门口现在就已经排起来的长队，又翻出前几天拍的演唱会门票的照片，登录自己的微博小号，决心发一条转卖门票的微博。

因为上次上传的视频被偶像们破天荒地集体转发，夏未来也在粉丝中小小地出了名，她现在的微博关注人里面好多都是那时候顺着偶像们转发的微博关注她的。

来来我是一颗菠萝：在体育馆附近等基友，然而基友悲剧地不能来看演唱会。所以，现在原价转卖门票。当面交易，可以验票。有意向的亲可以私信我。[附体育馆长队图][附门票]

消息一发布出去，就立马开始有回复。

夏未来点进去一看，就吓了一跳，好像暴露了自己的地址位置，好多人提议趁现在面基一次。

"菠萝，我也在体育馆附近，来面基吗！"

"分析帝来了！从照片的位子来看，菠萝是在体育馆斜对面的楼上，百度地图告诉我，斜对面的话屹立着一个万达商场。楼层不高，应该就是二三楼的位置。"

"菠萝说自己在等基友，万达商场二三楼一般都是服装店铺，只有二楼有一间KFC。在万达广场KFC二楼的亲们，你们可以去寻找一下了。"

高手在民间，真是不能小看了民间英雄们的智慧。

夏未来站起来，把桌子上的东西收进包里，决定离开这个地方。虽然自己现在微博粉丝还挺多的，但是她真的没有一颗想当网红的心。

南森趁着周末回了一趟自己家，此时他正坐在餐厅桌子前，喝着南妈妈煲了一天的爱心中药食补汤。

桌子上的手机屏幕亮了一下，夏未来的微博动态此时已经显示在他的手机页面上。

南森放下碗，拿起手机解开屏幕锁，垂眼查看。

"你是不是交女朋友了？"对面的南妈妈第一次看自己儿子这么在意手机消息，等儿子恋爱消息等了好多年的她满满都是好奇心。

南森握着手机的手一顿，僵硬地抬头看了她片刻，脑子里闪过夏未来的身影，倏然一笑："还没有。"

"那是快了？"南妈妈脸上的笑容更加灿烂。

他点点头，应该快要有结果了。

重新看向手机，等想清楚接下来要怎么做之后，他一口把碗里剩下的汤全部喝完，霍然起身往二楼书房里走去。

桌子上的电脑还没有关，南森打开电脑浏览器，登录了一个页面，面无表情地在键盘上操作了一会儿，才离开房间。

他下楼在玄关换好鞋子，南妈妈追在他身后问："你去哪儿？晚上不回来吃饭？"

"去追我未来女朋友。"

夏未来低着头，用竞走的速度离开了 KFC，自己的微博小号之前一直是追星，后来一直在追男神。哦，并不是，后来一直在孜孜不倦地丢脸。她说什么也不能暴露在 8 万，括号！还在持续增长！的粉丝面前。

微博发出去之后，她收到了好多私信，然后她点开的一大半，都是说自己就在体育馆附近，甚至就在万达商场里面的，同是追星族，她们应该见一面，发展一下革命友谊的。

夏未来扁了扁嘴，然后又发了一条微博。

来来我是一颗菠萝："米娜桑，我有轻微社交恐惧症，所以不适合面基哪。已经离开了肯德基的我，还是低调地做一只小透明菠萝。求别拆穿我。要不然，以后哪天又丢脸的话，会有偶像包袱的。"

也没来得及看大家的回复，她收起手机就跑厕所去了。

一定是刚才的雪顶咖啡喝多了。

等她从厕所里面出来的时候，手机里刚好收到一条短信。

夏未来洗好手，掏出来随便扫了一眼，一看就知道是垃圾短信。她点开消息，准备删了这条信息。16G的手机，不能容许它占一点点内存。

然后，点开来才发现，是订票网站发来的消息。大概意思是说，因为当时订票系统出错，这张票本来已经被预定出去了的，但系统没有反应过来，于是这个位置又被她定了一次。现在系统查重给查出来了，这张票也就失效了。订票的钱已经退到她的付款账户上，注意查收。

看完之后，夏未来有点心虚。

因为她们是开了外挂抢的，所以系统没来得及反应出现差错，也是可能的。说起来也有她自己的原因。

冥冥中，贱宋没来是有道理的。

夏未来因为不愿意乱七八糟地解释这些事情，直接删了上一条微博。

晚上七点半，舞台上的大屏幕上，开始播放组合从出道开始的短片，十年以来记录的点点滴滴，让台下的大部分粉丝们感动得热泪盈眶。夏未来坐在内场第二排，虽然不至于泪湿衣襟，但也看得心底唏嘘。不知不觉，她也喜欢了这么多个年头。

喜欢的人，变得越来越棒。

她也变得越来越成熟稳重，曾经感兴趣的东西可能在某一天变得不那么喜欢。可是对于他们的情感，现在还始终如一。

她也不确定，是否在未来的某一天，自己会突然就没有像现在这样喜欢这个组合。但是，在自己对他们还有热血有激情有冲动的时候，看一场不让她后悔的演唱会，和偶像一起唱过跳过开心过，这大概是人生的一次圆满。

短片过后，五个成员终于从升降机上出现了。演唱会的第一首歌，一般都是热气氛的 high 歌。所以音乐一响起来，台下就掀起了一片又一片的尖叫声，所有人用力地挥舞着手里的应援灯。

夏未来本来刚开始进场的时候，就觉得自己和周围的人格格不入。因为她被埋没在一堆脸上满满都是胶原蛋白，化着粉嫩少女妆，嘴里尖叫着"老公我爱你""我哥哥的大长腿"的 00 后之间。

追星要趁早啊。

夏未来一阵羡慕嫉妒恨，后悔自己没在十几岁的时候来疯狂一下。她现在都不好意思喊出"我老公好帅"这句大实话了。

但是，flag 立得太早，气氛一上来，她立马抛开矜持，暴着青筋也跟着歇斯底里地一起唱歌。

一首歌过后，夏未来觉得自己的嗓子都快哑掉了。

她坐回自己的座位上，准备从包里拿出水来润润嗓子，旁边恰巧递过来一瓶矿泉水。

拿着水瓶的手真好看。

夏未来在心里赞美了一下，对了，这个位置就是她那张无效票的座位。夏未来顺着方向去查看这双手的主人，想知道是谁买的这张票，他们也算是有点缘分。

但是，她怎么也不会猜到，居然是南森！

呵呵，又这么多天没有看到南森，她的心情还是有点复杂呢。

南森在开场前一分钟终于坐在了位置上，舞台上灯光璀璨，身边的夏未来根本没有发觉左手边的空位刚刚被填满，她满副心神全在大屏幕上。

她站在桥上看风景，看风景的人也在桥上看她。

所以南森安静地坐在位置上，左手托腮，眼神专注地观察她面上一丝一毫的情绪。看她为了压过别人的尖叫声，站起来深呼一口气，像是抽光全身力气，然后得意地环视周围的时候，他脸上的笑容终于开始明亮起来，心被填得满满的。

还好自己今晚来了，不然怎么看得到她这样子的一面。

在看到她发的微博之后，南森立马用电脑进入了票务官网的后台，用官网上的号码发了一条"票已失效"的短信到夏未来的手机上，然后找到她的订单，从自己的银行卡里转了一笔钱到她的支付宝上面。

夏未来脑子一片空白，她很想打电话去告诉贱宋，她不能认可贱宋往日对自己的评价是"脸皮厚"，因为在南森面前，她动不动就会脸红。此时台上正在唱第二首歌，她看到周围的人像是中了风一样的在摇头晃脑，时不时来几句破了音的尖叫，就想掩面装死。自己刚才一定也是这副模样。

她接过南森手里的水，咕噜咕噜喝了几口，觉得自己压下了脸上的热度，才回头看向南森。因为嘈杂的环境，她凑到南森的耳边，提高声音问："你也喜欢这个组合？"

从她嘴里呼出的热气，扑到他的耳朵上，南森心上一麻，手臂上鸡皮疙瘩全部立起来。他其实听清楚了，但鬼使神差地摆出一副"你说什么"的表情。

夏未来又挨近了一些，重新问了一遍。

"客户送的票。"南森拿出手机，潇洒地打出了这几个字，平时不动声色的脸上都是盈盈笑意。

这绝对是在挑衅我。

刚才吼了两遍问题的夏未来，感受到了来自南森智商上的碾压。

她朝着南森翻了一个白眼，然后继续看向台上的表演，跟着节奏挥舞手里的灯光，偶尔也会拿起手机，拍一段视频准备回去发给贱宋，只是再也没有站起来，像之前那样放肆 high 了。

她还要脸，谢谢。

一场演唱会在两个小时之后结束。

夏未来看得满头大汗，意犹未尽地看着台上安可完毕的偶像，也不知道下一次会是什么时候，再来看他们的演出。

座位的排与排之间留得空位并不是很大，底下也没有探明灯，所以脚下是什么情况并不知道。

夏未来左手拨着自己的头发，小心地跟着人流往外面走去。突然脚下一个踉跄，她整个人惯性地往前扑倒，双手本能地往前面胡乱抓去。

南森听到夏未来的惊呼声，本来一直三步一回头，时不时注意身后动静的他，立马转身扶住夏未来。夏未来惊神未定地看着她，眼睛里全是恐慌。顶棚上面的灯光洒在他清隽的侧脸上，好看得让夏未来再次听到，自己的心正在扑通扑通跳着广场舞。

啊，不对，跳这么快，一定是因为刚才受到了惊吓。

等她站好之后，南森自然地牵着夏未来冰凉的手，他清浅地叹了口气："小心点，跟着我走。"

夏未来怔了几秒，她从男神的语气里听出了点无可奈何的宠溺。

这次一定是她耳朵出了问题。

可是，掌心里传递过来的温度是真的。

她盯着自己待在男神手里的左手，忍不住羡慕它。下一秒又摇摇头，不对，这是我自己的手。

我真的是无可救药了。

Chapter.19——

我 喜 欢 你。你 呢?

回到小区，已经将近十一点。

万籁俱寂，只余下路边昏暗的灯光。

夏未来坐在南森车里的时候，宋瑾刚修改完论文。她第一时间发来微信，问夏未来今晚演唱会的情况。

敢于在自己狰狞的伤口上撒盐，也只有贱宋这个奇葩了。

夏未来发了自己拍的好几个视频给她，因为她们的位置正对着舞台，所以拍得连偶像脸上，刚长出来的痘痘都清晰可见。

贱宋果然又要死不活得用"啊啊啊啊啊啊"刷屏。在悲怆之余，她总算想起了原本属于她的那个位置。

"所以，坐在你旁边的人是谁，你转卖出去了？"

"你猜啊。"

"猜你妹啊，就我现在的心情，让我猜个屁！"

"男神。"

"所以你用我的票勾搭上了一个男神？有照片吗？夏未来，这个男神至少分我一半！"

好吧，贱宋不仅仅对自己下得了狠，她还会在别人的伤口上撒把盐。

夏未来趁南森不注意的时候，偷偷举起手机拍了一张照片，然后发给宋瑾。

车厢里只有仪器发出微弱的灯光，偶尔对面驶来的车灯投在他的脸上。在光影交替中，夏未来拍出来的南森侧脸轮廓好看得让人移不开视线。

贱宋从夏未来这里得知演唱会门票居然失效，南森手上的票是客户送的时候，她下意识地打出了一行字："你们俩真的没有在拍电视剧？"

这么一环接一环的巧妙安排，如果不是有作者在安排巧合，那一定是老天要你们在一起。

夏未来看到贱宋又在扰乱军心，立马推出微信，拒绝和她再交谈下去。

她踩着清凉的月光，跟着南森进了单元楼。

刚好一部电梯停在一楼。

南森像往常那样，先按了12楼，等到把夏未来送到家，再自己下一层。

贴着电梯内墙站着，夏未来抠着自己的手指，看上去玩得认真，其实漫不经心地把所有心思，全都放在站在自己左手边的南森身上。

她想知道南森现在在想些什么。因为和南森在同一部电梯里，夏未来就会不由自主地想起前几天的事情。

明明是他说出口的事情，却在夏未来的心头挥之不去。

忽然间，眼前一片黑暗，电梯失重感剧增，往下掉了一截又停住了。

夏未来觉得自己是个名副其实的软妹纸，因为一般发生突发状况的时候，她都会顺应生理反应地习惯性地惊呼一声。

然而这次，她才将将张嘴，声音都没从口中发出的时候，她就被南森抱入怀中。

她埋在他的胸口，耳边传来他的心跳声，还有清浅的呼吸。夏未来退出他的怀抱，眨了眨眼，努力睁开眼皮，想看清楚南森的表情，但仍然一无所获。

夏未来记得自己初中的时候看电视剧，男女主角被困在电梯里，她还有些小羡慕，于是在某年自己的生日当天，对着蛋糕上的蜡烛偷偷许下了这个愿望。

可是，被困电梯是偶像剧；电梯还一直动不动往下掉一截，那就是灾难片了呀。

南森放开夏未来，他从口袋里掏出手机，打开手电筒功能，照着光滑如镜的电梯门直射。总算这个幽闭黑暗的空间有了些光亮。

"吓到了吗？等下电梯就会正常的。"

夏未来拍了拍胸口："还好有你一起，我一个人的话会吓尿的。"

吓……尿……

夏未来，你怎么不去死？以后少说点网络词语好吗！

回过神，她还是觉得自己有点腿软，索性蹲了下来。

南森扬了下嘴角，走到电梯按键前，按下红色的紧急按钮，然后给物业打了一个电话。挂断电话之后，接着席地坐在了夏未来的旁边，一只腿弯起，一只腿伸直，姿态洒脱。

"长得好看的人，与生俱来的会凹造型。"

夏未来看他点开自己手机上的一个 app，她不知道这是南森自己写的软件。

南森抿着嘴唇，双手横握手机，一直在上面点着屏幕。她把头探过去，看到上面是熟悉的英文字母，但是拼在一起，自己完全不认识。

"你现在在做什么？"

南森百忙之中看了她一眼，说："让电梯来电。"

卧槽，做 IT 行业的人都这么牛逼？夏未来惊得叹为观止。

不一会儿，电梯果真像他说的那样来电了。

"哇，生活在灯光下的感觉真幸福。"夏未来手动给南森点了个赞，然后问他，"你能让电梯继续运行吗？"

南森点头，把手机重新塞回兜里："但是，已经通知了外面的人过来修电梯，两边的人一起修改程序，会拖延时间的。"何况，他用手机，比电脑不方便了很多。

　　夏未来"哦"了一声,然后又灵光一闪,抬头继续询问:"哎,你以前看过电视剧吗?就是被关在电梯里,然后主角们根据公式计算里面的氧气什么时候会消耗完。万一修理工人来得迟,我们缺氧了怎么办?"

　　刚刚经历过电梯下沉的事情,她的脑细胞还处于紧张状态,异常地活跃。

　　"电梯不是封闭的,里面都有一个通风口。"

　　夏未来抬头看了一下顶上的通风口,老脸一红。

　　不靠谱的电视情节害死个人。

　　感觉到自己腿麻了,夏未来缓缓地站起来。

　　南森看到夏未来姿势扭曲地固定住,就知道她一定是蹲太久,腿麻了。他单手撑地,利落地从地上站起来。然后走到夏未来面前,双手托着她的手臂,让她有个支撑点,慢慢站直。夏未来抬起头,才发现两个人现在面对面靠得很近,近到仿佛彼此的气息都可以交汇。

　　"你记得我之前说的话吗?"

　　头顶上响起了南森特意放柔的声音。

　　什么话?男神你说过很多话!

　　但是,夏未来此时慌张的脑子里全充斥着之前南森的那句自问自答。

　　"你不问我下午为什么抱你吗?""因为,我真的很想。"

　　她绷住脸,微微把目光移到电梯旁边一侧:"哪句话?"

　　南森似乎看出了她的回避,浅笑了一声,声音里面也透出愉快的味道:"我第一次见你,是在咖啡店,你用第二杯半价的原因问我微信号。

第二次见你，是在小区旁边的河堤上，你牵着啦啦在跑步，后来夏阿姨说你每天都早起去晨跑。那次其实你的相亲对象是我，只是我那时候不知道被介绍的人是你，所以才让金杯帮我出场。"

他往后退开几步，微微弯腰，一只手搭在夏未来的发顶，轻柔地让她顺着他的力量把头重新摆正。无可避及的，夏未来接收到他直白坦诚的目光，她之前一直觉得南森的眼睛是一条深不可测的河流，上面常年弥漫着浓雾，外人不能窥探他的半分情绪。

然而现在，他把所有想法都在她的面前摊开，只需她看一眼，就能明白他当下的所思所想。

夏未来连呼吸都不敢用力，怕惊醒了这一刻的梦境。

她的目光飘忽不定，从南森灿若星河的眼睛再游移到他的薄唇，似乎还是不敢肯定，刚才那段话是他亲自说出口的。

现在她大概全身血液都在逆流而上，心里怦怦怦像是要爆发什么东西，头重脚轻仿佛脚上踩着的是棉花堆。她像是被困在四面全是白得没有边际的地方，只有天空高处传来的声线清凉的声音，一阵一阵荡开在她脑中。

"夏未来，我今年二十八岁，1月初生日，和朋友开一家公司，父母是普通职员，有一辆车，有一些存款，"他停顿了片刻，舔了舔嘴唇，然后又重新低沉着声音重新措辞，"没有过恋爱史，也没有喜欢过别人。"

他再次停下来，看着夏未来睫毛轻颤的双眼和绯红的两颊，他忍不住伸出手，用手背碰了下夏未来的脸颊，想试试是不是如看到的这样烫手。

夏未来听得认真，全身上下每个毛孔都在叫嚣着"男神在表白"。身体里的血液在燃烧，整个人都烫得惊人。在脸颊被触碰到的时候，她不敢相信，哪有人在表白的时候，还有心思去管别人的脸烫不烫的。她被南森的举动惊得抬眸，盯着眼前这个不按套路出牌的人。

夏未来的视线落在电梯的显示屏上，上面的数字恰好也缓缓亮起，电梯悄无声息地重新重启。她扬起眉高兴得准备告诉南森这个消息，但是被他抢先一步。

"我喜欢你。你呢？"

他的声音温润有力度，一字一句像是刻在夏未来的心上。搭在她肩膀上的手掌，也带着让她的心变得滚烫的热度。

他在说什么？

这几个字连成一排，从她的左耳穿到右耳。大概是穿透的速度太快，以至于她没有听清楚，直到在空中飘了一圈，又重新在她的脑子里回旋。

她张了张嘴，然后没有说什么话，又合上了嘴唇。

该说什么呢？

内心明明欣喜得想要宣布全世界，可真正需要开口表态的时候又不敢说出口。她总怕自己现在一腔热血正上头，做出什么决定全都是一时冲动，等到过后冷静下来又会后悔。

"叮！"

　　清脆的提示音打破了这个让人屏息以待的气氛，夏未来呼了一口气，也不知道是从哪里来的力气，她朝着南森微微笑了一下，然后缩着脑袋从他的手臂下钻过，像一尾小鱼一样灵巧地溜出了电梯，然后头也不回地往家里跑去。

　　南森看到眼前已经空无一人，忍不住自嘲地笑了一下。

　　他顿时想上网去问一下，正常的告白是怎样的？如果对方在你表白之后落荒而逃，是什么意思？或者，到底需要表白几次，才会成功。

　　夏未来一把关上门，没有控制好力气，把门关得震天动地。躺在沙发上敷着面膜的夏妈妈被惊得坐直了身体，她扯开贴在嘴部的面膜纸。

　　"夏未来，能不能淑女点！这么大的人了还这么风风火火，干吗，你还想闯九州还是怎么着？"

　　话落，马上又贴回去。

　　夏未来脸上荡漾着笑容，嘴边的梨涡第一次这么明显。她抱起冲着她跑过来的啦啦大爷，摸着小泰迪的狗头，跑到沙发前对着自家太后唱起了"大河向东流哇，天上的星星参北斗哇"，被夏妈妈一只拖鞋拍消停了。

　　"妈妈，我今天很高兴。"夏未来盘腿坐在沙发前的羊毛地毯上，亲了一下啦啦，然后把它放在自己的腿上。

　　"哦，你去看演唱会了。"

　　夏未来点点头："嗯，可是除了这个，我还是特别高兴。"

　　"为什么？"夏妈妈依旧闭着眼，保持面无表情的姿态，咬着牙齿只动着嘴皮说话。

"嘿嘿嘿嘿嘿……"夏未来回想起来就一阵傻笑,"妈妈,等我确定了再告诉你。我就是心情特别好,想找人说说话。"

"滚。"这回是咬牙切齿了。

知道自己打扰太后敷面膜的夏未来立马收起笑容:"哦。"

妈妈,你这样子真的不利于家庭和谐。

她低头对泰迪说:"啦啦,姐姐心情好,明天再给你开一升装的进口牛奶哈。我们啦啦呀,要听话,努力长大。"

然后蹦蹦跳跳地回房间,经过陈枥的房间门口,她敲了敲门:"陈大力啊,明天就去交个女朋友吧。小年轻没有早恋算怎么回事,你也不丑啊!"

这才心满意足地进了房间。

夏未来躺在自己松软舒适的床上,看着天花板,时不时地发出一串笑声。她没有去回忆刚才在电梯里发生的事情,想到南森对她表白这几个字,她就会高兴得无以复加。

她用手机直接拨打了宋瑾的电话。

"喂?"电话那头,宋瑾的声音有气无力,不用想都知道是被论文摧残的。但是夏未来完全没心思顾及小伙伴现在的心理状态。

"我要告诉你一件事。"

宋瑾放下手里的鼠标,准备认真听夏未来说。谁知接下来是一串气壮山河的笑声："哈哈哈哈哈哈……"

如果不是和她这么多年的交情，宋瑾觉得自己下一秒就会把她拖进黑名单。

"你想告诉我的事情，就是你怎么笑得让人毛骨悚然？"

"不不不……哈哈哈……"夏未来竭力控制着自己的笑声，"你听我说。"

她深深地换了一口气，平复了一下自己的情绪。可是一想到那句"我喜欢你，你呢？"，又再次开心地笑了出来。

"我觉得，我们今晚的这次对话可以结束了。"宋瑾翻了翻白眼，把手机拿到一米开外。

"再给我一次机会！我保证我这次可以顺利地说出来！"

夏未来闭着眼，努力清空自己的大脑，然后趁着自己一个不注意，脱口而出说："南森跟我表白了。"

"咳咳咳咳咳……"贱宋正在喝水润喉，结果就被这个消息呛得像是要咳出五脏六腑。

因为通话一方暂时处在状况之外，本次通话暂时结束。

"所以，他说了'我喜欢你'？"

十分钟后，双方又打了第二个电话。这次两边的人都把情绪控制在正常范围内，保证不一惊一乍。

"嗯。"夏未来重重地点了头。

"然后，你就逃回家了？"

"对，你 get 到了所有重点。"

"那么，我可以去追小杯杯了？"

"嗯……哎？你说什么？"

夏未来被这句信息量巨大的问话给惊呆了。

因为通话一方被惊讶得不小心按到了挂断键，本次通话暂时结束。

"怪不得我总觉得忘记了什么，原来是金杯。"夏未来在第三通电话里，终于开始正视金杯。今晚的思绪一片混乱，还真的没有想起他，"可是，我隐约记得男神在电梯里说自己没有过恋爱史，也没有喜欢过别人啊。"

"我们要坚定不移地相信你男神！他帅他有理！"宋瑾极力游说夏未来。

"那是我们想错了？"

"肯定是的！亏你还是你男神的一号粉丝，怎么连男神的性取向都弄错！"

"怪我咯，之前是你先在超市里说他们两个有点奇怪的。我完全是被你误导的。"两个人开始推卸责任。

宋瑾回忆了一下，当时好像确实是自己先这么说的。

"好吧，相信你男神的人品好吗！根正苗红的优质男青年，肯定是真心实意地表白的。"她开始翻开手边的笔记本，拿起笔在纸上记下了追男朋友的一二三四点。

夏未来躺在床上，跷着二郎腿，心乱如麻，干脆转移了话题："你什么时候喜欢上金杯的？”

好基友喜欢上了别人，她却一点都不知道。

说起这个，贱宋有点扭捏："我也不清楚，反正就是喜欢了。他和我是同一个专业的，平时我要是有什么不懂，就直接问他了。而且，我们都喜欢看小说，经常互相推荐，一来二去的，就喜欢他了。"

今天她因为被导师抓着修改论文而错过了演唱会，发到朋友圈吐槽之后，立刻就收到了金杯的慰问。他的心思一直比较细腻，知道自己不高兴，绞尽脑汁说了很多笑话逗她笑。

"而且，我一直比较喜欢壮壮的男生，很有安全感。"

第三次通话，总算双方和谐地圆满结束。

Chapter.20——
希 望 你 今 晚 好 梦

夏未来洗完澡，躺在床上闭眼准备入睡。

但是眼睛一阖上，南森在电梯里告白的样子就浮现在眼前。眼神温柔缱绻，她能溺毙在南森倒映着自己的眼底。他说出的话，就像是拂过心上的一缕春风，让夏未来原本就微波粼粼的心头，再次波澜丛生。

夏未来翻来覆去怎么也睡不着。

她呼地从床上跳下来，拉开窗帘，从外面倾泻入清浅如水的月光。

夏未来打开窗，坐在书桌旁边的小飘窗上，整个人沐浴在月光之下。她双腿屈膝蜷曲在一起，歪着头看向外面星光璀璨的巨大夜幕。

南森的眼睛就是这样子。

她的笑眼弯弯，然后把脸埋在自己的掌心里。

不得了了，你为什么满脑子都是南森啊。

　　眼前的男人，双手搭在她的两肩，弯腰和她的视线持平。目光绰绰，黑眸里面倒映着自己的身影。

　　"我喜欢你，你呢？"声音低沉，饱满有力，他一字一句说得清晰分明。

　　还没等夏未来回味够，眼前的一切又都消失了。

　　天光乍破，旭日东升，虽然她的房间早上没有太阳光照进来，但是明晃晃的光线依旧让她的眼睛刺得睁不开来。夏未来揉揉眼睛，发现自己保持着昨晚坐在窗边的姿势睡了一晚，现在醒过来全身酸痛，整个人都僵住了。她幅度轻微地转动了一下脖子，然后懒洋洋地伸了个懒腰，骨头发出咔咔的脆响。

　　稍微活络了全身筋骨，她才拿起桌子上的手机。现在才早上 7 点，难得起了一个大早。客厅里已经传来了啦啦的叫声，夏未来打开房门，向客厅走去。

　　夏妈妈正跟着电视机里的养生节目练气功"八段锦"，夏未来揉着自己还难受的脖子，赶紧站在太后旁边，跟着电视里面的动作一起做。

　　夏妈妈被如此勤快的女儿吓了一跳，这不是自家孩子的作风。她把这种异常归结到昨晚的诡异情绪上，于是问："你昨晚在傻乐呵什么？"

　　因为电视里面的人和自己是相对而立，夏未来第一次跟练，分不清到底是往左边还是往右边，差点和夏妈妈撞一起了。

　　她练了几下就放弃了，看到啦啦想起昨晚上自己的话，从柜子里拿出了一瓶新牛奶，顺手打开倒进自己嘴里。

啦啦瞪着圆溜溜的葡萄眼，冲着喝得咕噜咕噜的夏未来汪了几声，直到夏妈妈都侧目看向她这边。

"好啦好吧，给你喝。"夏未来拿过啦啦的食盘，倒满牛奶放在它面前，看着啦啦飞快地舔光，又添了一些进去，"啦啦，作为男人，你不能这么小气啊。"

想到妈妈刚才的发问，夏未来歪着头想了下，又嘿嘿笑了几声。等钓起了太后的好奇心之后，她眯着眼睛还是决定不告诉她："你猜。"

当然，调戏夏家 Boss 的后果很严重。夏太后、陈大力包括啦啦大爷的早餐是金黄喷香的鸡蛋煎粽子，她只能干巴巴地吃粗粮吐司片。

没有中华小当家的厨艺，就掌握不了话语权。

不过这丝毫不影响夏未来的好心情，她拿出手机，灵巧的手指在屏幕上飞快地打下几行字，然后点击"发送"。

显然，她并不知道，这条微博，让金杯被南森不可避免地迁怒到了。

来来我是一颗菠萝："早上太后问我昨晚高兴什么，我没有回答她是因为昨晚去看了偶像的演唱会，和男神被困在电梯里，一直以为男神是 gay 这件事情原来是个误会，男神昨晚告白了。"

八卦小王子 V："我一直都在追电视剧，为什么现在突然插播了一条我不了解的剧情。"

娱八婆 V："以为男神是 gay 是什么鬼？感觉这里面是好大一出戏。"

路人甲："作为一条立志烧死异性恋的单身狗，看到菠萝成功拐到了男神，我居然安心了。"

我家爱豆脖子底下都是腿："我自己的另一半还不知道在哪里，每天操心菠萝的终身大事，像话吗！"

金杯觉得老大今天有点善变。

早上他出门去觅食，刚好路过一家早餐店，想到有一次给南森带了这家店的早餐，罕见地被他夸了春卷很不错。再加上，这个点老大可能还没有吃饭，于是立志当一个好兄弟的他就果断打了个电话。

那时候南森刚好跑步回来。于是金杯当下表示，等着，你家小杯杯马上给你带早点过来。

当然，原话肯定没有出现"你家小杯杯"这五个字。

跨了一个区，空着肚子把早餐送到刚冲完凉的南森面前，金杯和他一起坐在餐桌上。金杯边胡吃海塞，边口齿不清地和老大描述自己昨天晚上开始看的悬疑类故事。

虽然南森并没有认真听，他低头在看自己的手机。

金杯准备等复述完之后，就问一下最近老大和夏老师的感情进度。

必要的时候，他可以给南森出点主意，让两人的关系向前迈进一大步。

但是事情急转直下，吃早餐的时候，他说一句，南森还会回应一句。吃完之后，南森对他说："隔壁省的那个项目你来跟进吧，周五之前给我结果。"

为什么老大可以在一分钟之内，就立马翻脸呢？

周五之前？会累死人的呀！我又做错了什么你说啊！

是谁一大早给你送早餐过来的！是谁！

南森在看到夏未来的微博时，刚好喝完杯子里最后一口牛奶。他看到微博上"以为男神是 gay"这几个字的时候，眼睛危险地眯了起来。

双眸幽沉，底下有一丝暗光滑过。

还在脱稿复述故事的金杯停顿了下，总觉得刚才一阵冷风吹过，他塞了一口春卷，又接着往下说。

南森打量了一下嘴巴忙得不知道是该吃还是该说的金杯，一阵匪夷所思。她怎么会把他和眼前这个吃货凑在一起？他的眼光能这么差？

回想一下，他和金杯也没什么好让人误会的地方啊。

等等……之前在超市里？她们一脸异样地看向他们，并不是因为金杯卖的蠢，而是因为那时候就开始误会了？

或者，还有那次他酒醉往自己身上扑的时候，被她看到了？

南森的目光从金杯肆意嚼动的脸上滑过，他伸出筷子，给金杯的碗里再夹了一个小春卷。多吃点，接下去才更有力气去加班。

因为这句话，记忆中之前的片段全被提取出来。所以，之前夏未来说的那些话也都有了理由，动不动就提到金杯，还以为金杯和他住在一起。原来那些都是她以为金杯和自己在交往。

那么，昨晚没有留下回复，把他丢在电梯里转身逃跑，也是因为金杯？

不管是不是，南森都觉得今天不管用什么角度什么姿势看猩哥，他都让人喜欢不起来。就算刚刚吃了他送过来的早餐。

他靠在椅背上，双手环胸，想着接下来该用什么事情，让猩哥再忙起来。

于是，在金杯吃完早餐的时候，他被派遣到隔壁省去和人斗智斗勇了。

夏未来吃完晚饭刷完碗，就躺在客厅的沙发上，和陈大力看了几分钟美剧，就让陈大力退出来换另外一部片子。

这部剧里面刚好有一个常驻角色，恰好是电脑技术很厉害的黑客，她看着那个演员，就忍不住把他和南森作比较。没有南森帅呀，不过不太清楚男神的 IT 技术，是不是也像电视剧里的这个配角一样这么牛掰。

不过她还是任性地不想看。

陈栎小朋友不满地看了夏未来一眼，然后换成了另外一部美剧。

没过几分钟，夏未来又皱着眉，拿脚踢了踢陈栎，让他继续换成别的电视剧。

一群演员整天在高楼大厦的办公间里面，上下班都要坐电梯。对，电梯出现的频率太高，让夏未来眼前不断浮现，之前南森在电梯里面的告白。

说起来，她和男神跟电梯也是挺有缘分的。

在发现自己看到电视剧里面的电梯想到南森，看到电脑也想到南森，甚至看到每一部戏的男主角都能想到他之后，夏未来终于认命地回到自己房间，打开 BBC，开始听英语广播，嗯，还特地找的女声。

夏未来盘腿坐在电脑前，她双手托腮，两眼没有聚焦地看着电脑屏幕，思绪早就不知道飘去了哪里。安静的房间里，只有一个温柔的英式女声在回旋。

屏幕一瞬间变黑，夏未来回过神来，以为是长时间没有操作，电脑的显示屏自动变黑。没等她移动鼠标，屏幕上慢慢出现几行字。

"我现在耳边是我喜欢的音乐，眼前是我喜欢的夜景，脑子里是我喜欢的人，可我此刻满心想的是，要和你分享这一切。我只是突然间想告诉你现在的心情，希望你今晚好梦。"

夏未来双手抱膝，把脸埋进大腿。明明只看了一次，记忆力却第一次发挥到极致，一字不漏地记下来了。

她的眼眶有点湿热，原来自己是这么容易感动的人呀。

还是，因为说这些话的人是夏未来无比喜欢的人，所以才心化得特别厉害。

其实，喜欢一个人的要求，并不高。

你愿意分享给我你的点滴，愿意把你当下的心思坦白地告知，愿意在你所有喜欢的一切事物里想起我……是的，谢谢你，让我能清楚明白地感受到，你有多喜欢我。

所以，我忐忑不安的心，终于可以安定下来。

"但是，我觉得我今晚可以不用睡了。"

男神苏得让人发指，可是，她的嘴角克制不住地往上翘起。

眼睛里，有种闪亮的光芒，在黑夜里，熠熠发光。

Chapter.21 ——

他会更珍惜自己现在拥
有的——夏未来

夏未来眼睛再睁开的时候，已经快到十一点了。

她抱紧被角，混沌的脑子努力地想着刚才的梦境，结果完全想不起来。她蒙在被子里，发出几声轻笑。

前一天晚上因为南森打在电脑屏幕上的话，她的心滚烫得辗转反侧不能入睡。后来终于滚累了，才昏昏沉沉地在那个薄荷味的睡梦里安眠。

她拉开窗帘，打开窗户透风。小区楼下的孩子们正在鹅卵石小道上互相追赶，嘴里喊着"别跑，站住"，本来就尖厉的童声因为情绪激动，发出来的声音更加刺耳。夏未来原本还有点睁不开的眼皮立马有力气了，只是心情难得没有受到影响。

她打着哈欠走出房间，往洗漱间走去。陈大力正背着包从外面回来。看到头发散乱的夏未来，忍不住提醒："姐，都奔三的人了，学会早睡早起吧。再过几年皮肤衰老暗淡，你就追悔现在吧。"

"陈大力，你是想多背几篇英语课文吗？"虽然还不到二十五岁，但夏未来已经对衰老这个话题有了抵触意识。

她揉着眼皮，看他的行头，问了一句："你从哪里回来？"

"南神家。"

冷不丁听到陈枥提到南森，夏未来愣了一下。

"怎么了？"陈枥看她呆住，好奇地用手在她面前晃了一下。

"没事。"夏未来回过神，继续往前走。留下陈枥在她身后若有所思。

夏未来紧蹙眉头，瞪着放在桌子上的早就已经冰冷掉的豆浆油条。

冷掉的油条再也没有酥脆膨松的口感，夏未来咬了一口，嫌弃地随便嚼了几下就往下咽。贱宋的电话就在这个时候打了进来。

"来来，出来玩。我请你吃午饭。"

夏未来的眼睛亮了一下，立刻把油条扔回盘子里："为什么？你拿奖学金了？"

"没有，姐姐今天高兴。"宋瑾清亮的声音里面透着压不住的喜意，"赶紧来江北这边的华梅西餐厅。"

夏未来暗自咂舌，华梅西餐厅的人均消费是三百多，宋瑾是遇到了什么开心事，需要这么大出血。

立马回房间换好衣服，她直接坐地铁赶了过去。

"你们交往了！"

华梅西餐厅不愧是本市榜上有名的招牌店面，午餐的时候早就已经虚无空座。门外还排起了等位的长队。

"你们交往了！"角落里突然响起一道突兀的女声。

夏未来抑制不住音量，声音隐隐盖过了附近桌的交谈声，让周围用餐的客人也侧目看向她们。

她却没有注意到周围的目光，一直盯着对面扔下消息之后，不痛不痒继续吃牛排的宋瑾。前天晚上宋瑾才说过要去追金杯，今天就告诉自己她告白成功，现在两个人开始交往了。

不，严格意义上应该是昨天晚上两个人就在一起了。

"对啊，就很简单啊。我告白了，他马上就答应啦。"

"中间不需要考虑的吗，你们人类的这种表白方式让我这个从来没有恋爱过的人不是特别懂。"夏未来单手托腮，手里戳着一块虾仁。

"还需要怎么考虑？合适就一直在一起，不合适就分开呗。"

万万没想到贱宋是这么洒脱的贱宋，夏未来顿时觉得自己之前的所有纠结都变成小女人的扭捏。

其实她真的有点害怕两个人之间关系的改变。

如果两个人最后还是要分开的话，那还不如一开始就不要在一起。当朋友的话，也许关系还会持久一些。

所以贱宋是贱宋，夏未来是夏未来。

虽然是好朋友，可对感情的态度上还是千差万别。

夏未来帮贱宋在败家的路上成功往前迈进一小步之后，又去附近的商场逛了一下衣服，然后两个人愉快地打道回府，各找各妈。

在吃完晚饭之后，夏妈妈大手一挥让陈小弟负责今晚的洗碗工作，然后把原本想要回房间休息的夏未来逮着一起去了小区的广场上。

"妈妈，我一个青春美少女，为什么要跟着你去跳广场舞。"一堆中年已婚妇女中间，突然出现她这个小年轻，怎么看怎么不和谐。

夏未来以为广场舞是自己三十年后的饭后消遣，结果架不住自家太后的逼迫，帮她学新舞蹈。

夏妈妈的广场舞团队今年又要去参加全市的广场舞比赛。她们特别讲究与时俱进，今年励志跳点与众不同的歌曲。于是，从《小苹果》进化成了中间带 rap 的《快乐崇拜》。

因为歌曲拍子很紧凑，所以编出来的舞蹈节奏也比《小苹果》快，夏妈妈手忙脚乱一直学不好，所以才把夏未来带过来，让她学会之后回家教她。

夏未来起先有些不好意思，畏畏缩缩放不开手脚。虽然这个团队里面还有很多小年轻，对，就是那些被外婆奶奶带出来的广场舞二代。但她坚决捍卫广场舞是属于中年人活动的这个事实。

然而，多跳了几遍之后，她福至心灵，突然就放开了。越跳越起劲，越跳越标准。在听到太后的老姐妹和她夸奖自己手脚协调、肢体动作很好看之后，她居然还有点优越感。

南森今晚在小区里散步。

他陪爸妈吃完晚饭从自己家刚刚回到小区。隔了一个多月才在家吃顿饭，南妈妈给他多添了一碗饭，又多倒了两碗汤。于是他吃得胃有点撑了。

经过小区广场的时候，他的裤脚被什么东西拽着，低头一看，是夏家的小泰迪。它咬着自己的裤脚，然后往后退了一步拼命地摇着脑袋，好像是想要把嘴里的这块布给扯下来。见不成功，又把脑袋抬起来，湿漉漉的眼睛盯着他。

都说物似主人型。

南森无端地从这双水汪汪的黑眼珠里想到了夏未来。

啦啦脖子上的牵引绳还没有被解开，大概是它偷偷溜出来的。南森蹲下身，牵起绳子，准备把它送回夏家，顺便借机看一眼快两天没有见面的夏未来。

刚一牵起绳子，啦啦就往跳着广场舞的人群中跑去。

南森一看就明白了。之前听陈栎说起过，每天晚上夏阿姨都会在这里跳舞。他看了眼前面撒着腿狂奔的棕色小身影，摇着头无奈地笑了下。

刚才的打算泡汤了。

他第一次认真地观察着跳舞的人群，试图从里面找出夏阿姨。

然后他情不自已地笑了出来，从来没想过有一天会看到夏未来的舞姿。

第三排的中间，有一个穿着白色短袖，扎着马尾辫的身影在一堆花花绿绿的衣服里显得异常清爽。平心而论，她的动作连贯自然，每一步都踩在节拍上，在一群人当中特别吸引眼球。

　　夏未来在跟着节奏转圈的时候，似乎看见南森站在广场旁边。

　　心跳骤然跳停了一下，又认为自己这两天是走火入魔了，看见个人都觉得是南森。可还是下意识地往左手边看去。

　　这一眼，立马让她惊慌到手忙脚乱，她赶紧停下来转身就往另一个方向慢慢撤离，趁着他可能还没看到自己，赶紧销声匿迹，坚决不能在他的心目中留下"跟一群中老年妇女热火朝天地跳广场舞"的印象。

　　在附近有一下没一下跟跳的夏妈妈看到自己女儿突然从队伍中出来，站在原地大声问她："夏未来，你去哪儿？"

　　被点到名的夏未来绝望地闭上双眼，论扯后腿的功力，谁有她家太后这么驾轻就熟。这回南森肯定知道自己在跳广场舞了。

　　这么一想，她走了几步就开始小跑起来。

　　突然，手腕被扣住，夏未来不用回头看就知道一定是南森。

　　南森并没有看夏未来现在的表情，他把啦啦的牵引绳递给走过来的夏阿姨，顺便跟她报备了一声："夏阿姨，我有事要和未来说，先把她带走了。"

　　夏妈妈注意到南森抓着夏未来的手，又看了眼在南森身后低眉顺眼一副小媳妇样的自家女儿，心里暗自骂了一句"出息"，甩甩手："去吧去吧，早去早回。"

　　后面一句是对夏未来说的。

　　第一次南森来她家吃饭的时候，她就知道自己女儿先前每天早起晨跑就是司马昭之心，后来她说小森外形好人品好，让夏未来多上点心，夏未来还说不可能。

现在不就可能了吗?

夏妈妈瘪瘪嘴,带着啦啦重新回到了队伍中。

似乎男神身上装了一个时刻遇见她出丑的雷达。

夏未来低着头,任由南森在前面牵着自己走。

人生第一次跳广场舞,就被他撞见。以后每天午夜梦回,又多了一件想起来就羞愤得睡不着觉的事情了。

夜风袭袭,小区里多得是饭后全家一起出来散步的人。

全家?

一路垂着脑袋的夏未来想到这两个字,忽然打了个机灵。看着南森的背影,脑海中不由得想,是不是他们两个在别人眼里也变成"全家"了,又或者,她如果点头答应,那是不是可以顺理成章变成"全家"?

夏未来脑海中思绪万千,她看着地上铺着一格一格的石板,跨了两格台阶,依旧由着前面的牵引力带自己走。蓦地,头顶触到一个柔软的东西。

随后传来南森不减笑意的声音:"再走就要撞上了。"

夏未来反射性地抬头,眼前是他还没来得及收回的左手。确实,再往前走,就要撞到凉亭的柱子上了。

凉亭周围树木丛生,若有似无的树香围绕在身旁。附近的灯光被屋檐遮挡,刚好他的脸就隐于阴影中。

"我昨天说的话，你考虑好了吗？"

南森牢牢地抓住夏未来的手，好像是不让她再有落跑的可能性。

他脸上看似一派轻松，可夏未来无比清楚地知道他有多紧张，从他不同往日的拘谨声线，被握住的手心里微微泛起的汗意，以及他现在凝视自己的眼神。

没来由地，她就知道他所有细微举动中蕴藏着的含义。

突然，夏未来一直悬在半空，不得安宁的心轻松了起来。她纠结了很久的事情也终于有了答案。

她点头，刚想开口说什么就被南森抱了个满怀。

他埋在夏未来的肩颈处，呼出的热气一扇一扇地扑在她露在空气中的肌肤上，仿佛一片羽毛划过心间，让她全身都战栗起来。

"你答应了吗，夏未来。"

她能感受到南森的胸腔在震动，然后从他喉咙里发出一阵低沉的笑声："我很开心。"

南森在夏未来点头的那一刻，第一次知道，有种难以明说的欣喜，是脑袋里开满烟花。

怀里是这辈子再也不想放手的人，耳边轰鸣着巨大的心跳声。一声一声，像是烟花升空之后，炸裂成碎星的声音。

他收紧手臂，像是要把夏未来嵌入自己的身体，变成骨血相融的一部分。

老天过于厚待他。

　　南森一直认同质量守恒定律，就像他认为，每个人的福气都是定值。如果这里得到什么，相对应，别的地方也会失去什么。

　　他不在乎失去的是什么。

　　只是，他会更珍惜自己现在拥有的——夏未来。

　　我还能告诉他，刚才的点头只不过是回答"考虑好了吗"的问题吗？

　　可是看到他那么高兴，夏未来的嘴角也不自觉地往上提。原本自然垂下的双手，也环绕在南森的背后。

　　"是啊是啊，我答应啦。谁让我拒绝不了你的美色。"

　　"那好，我们来谈谈你之前说我是 gay 的事情吧。"

　　Excuse me ？

　　我们接下去不应该深情款款地相互表白吗？为什么上一秒还是表白戏，画风突转，一下子变成清算总账？

　　夏未来瞬间蒙了。

　　"你们在干什么？"

　　凉亭外传来一声尖叫，两人转头望去，是一脸蒙了的陈栎。

　　从姑妈那里听到自己姐姐被南森带走，就很不放心的陈栎，看到两人交颈相拥的场面，脸都绿了。

　　怪自己出来得太迟，姐姐一下子就被别人拐走了。

Chapter.22——

恭喜男神抱得美人归

虽然刚刚确立关系，就被自己家人抓包，这样子的发展态势有点让人措手不及。

但夏未来还是很感谢陈小弟的及时出现。起码她不用和自己刚刚上任的男朋友解释自己之前一直误会他是同性恋的问题。

把夏未来送回家之后，陈栎认真严肃地和南森提出，要进行一场男人之间的对话。

南森家的客厅里，气氛凝重。

"你为什么会喜欢我姐？"

陈栎坐在沙发上，看着站在落地窗前的南森。

他身后的背景是满城星星点点的万家灯火，可还是掩不住他一身璀璨如珠的光华。陈栎一直都认为他的姐姐优秀到谁都配不上。但是他不得不承认，南森是目前为止，姐夫的最好人选。

"我也想知道。"

南森坐在他右手边的沙发上，整个人往后陷在沙发里，目光放空。随后，安静的客厅中响起他带着暖意的声音："就是遇到了，记住了，然后就把她放在心里了。看不见她的时候满脑子都是她，她在眼前的时候，一举一动都能让我开心。"

她出现了，我爱上了，然后我们在一起了。

虽然过程说得这么简单平静，但是南森知道，他有多感谢命运的馈赠。

陈栎张嘴准备说出很早就想好的台词，那是他以前就打算好，要说给拐走夏未来的男人听的。小时候，夏爸爸出过轨，那段时间姑父姑母经常吵架，许是因为自己从小在他们家长大，所以也从没有因为他而控制过吵架的规模。

在他因为房间外尖厉的谩骂声、崩溃的痛哭声和时不时砸东西的声音，而瑟瑟发抖，害怕得小声啜泣的时候，只有他姐姐，一边流泪，一边抱着他说："没事啦，陈大力。别害怕呀，陈大力。"

夏未来后来对他说，还好那时候自己长大了，要不然心理健康肯定受影响。

但是，她不知道她已经被影响到了。

夏未来希望自己能够遇上一个喜欢自己的人，又不相信有人可以喜欢她很久。这些年，追她的人不是没有，可是她从来不会轻易动心。

因为她怕承受不了这段感情之后会带来的伤害。

所以他才会那么紧张出现在她身边的每一个人。

他希望她姐姐能够遇到一个对她好，给她幸福的人。

可是他现在发现，自己什么话都说不出了。

室内灯光通明，虽然看不清南森眼底深藏着的情绪，可他说起自家姐姐的时候，语气中的小心爱护，脸上外露的柔情连陈栎都能感受到。

所以，夏未来才敢答应吧。

他只能留下一句："你要对她好，我会看着你的。"

南森扬起嘴角："我住在你楼下，你随意。"

陈栎泄气地挠挠头，刚才刻意装出的沉稳模样顷刻间全然崩塌。

夏未来回到家，眉眼间有克制不住的喜悦，让夏太后这个过来人一下子明白，女儿现在已经脱离单身狗的队伍。

"妈妈！"夏未来一蹦一跳地坐在妈妈身边，抱住她的胳膊，准备让夏妈妈成为自己第一个分享秘密的人。

"我知道。"

对于夏妈妈不按套路出牌，一下子就让这个话题终止的事情，夏未来沮丧了一下，可还是敌不过现在的好心情："那你开心吗？"

夏妈妈："开心啊，准女婿那么帅气我很开心。"

自家妈妈这么不配合地把天给聊死了，夏未来深深叹了一口气，起身往房间走去。

夏妈妈看着女儿的背影，才发觉夏未来真的长大了。

以前总担心她找不到自己喜欢的人，现在有个人喜欢她了，又开始舍不得她。

夏未来打开自己的微博，既然那么多人一路关心她和男神的感情状况，现在心想事成了，当然要发微博告诉大家。

来来我是一颗菠萝："没错，我恋爱了，和男神一起。恭喜男神最终抱得美人归，哈哈哈哈哈。"

一时之间，祝福的声音淹没这条微博。

贱宋也在第一时间发来贺电。

"恭喜你啊。"

"同喜同喜。"

"南森呢？"

"被陈大力邀请去进行一场男人之间的对话了。"

贱宋听到这个回答，觉得有些不可思议："你不是才刚刚交往吗？陈大力这么快就发现了？"

"还好有他，要不然我就得对着男神解释，为什么我觉得他是gay。"

"他怎么知道你以前误会他是同性恋？"

"……"夏未来被这个问题愣在原地。是啊，为什么南森会知道自己之前对他的误解？明明她没有表现出来。

贱宋没听到夏未来的任何回复，就知道她被自己问住了。关键时刻，还是得靠她帮着夏未来捋清思路："你是不是微博小号掉马了啊？"

夏未来看着手机里面，南森刚发过来的一条短信，有点欲哭无泪。

"谢谢，我也很高兴可以抱得美人归。"

· END ·

番外一

FANWAI

"你是什么时候关注我微博的?"

"你向我搭讪未成功的那天。"

夏未来被"搭讪未成功"这五个字心塞了一把,她迟疑地看着南森,他应该没有翻过自己最开始发的微博吧?

想到之前自己发的那些"嗷嗷嗷,偶像帅得合不拢腿""我本命笑一笑我就能晕倒""屏幕脏了我舔舔"的微博,她就一阵心慌。

按男神的性格,他一定不会去翻我之前的微博的。

回家之后还是先去删一下黑历史吧。

决定之后,夏未来转眼间又开始得意:"原来你这么早就对我有意思啦?"

想到南森居然这么早就偷偷关注自己的微博,刚才沉重的步伐又开始轻快起来。夏未来牵着啦啦，心里又升起"我要踏平这座山峰"的豪情。

对，在交往的第二天，南森在夏太后乐见其成的目光下，一大早就把夏未来拖出来爬山。

薄雾清晨，南森的眼角眉梢间，都染上一丝水汽，整个人面容柔和，笑意浅显。他握着夏未来的手，呼吸平缓，惬意地往山间走去。听到夏未来雀跃的语气，也随之开玩笑说："多谢你搭话得那么早。"

这是在说自己太主动？

夏未来咬着嘴唇："还好是你先告白。"

这么想想，在主动性这方面，他们也是半斤八两。夏未来脚步没停，喘着粗气，脑子飞速地转动起来，为了先发制人，她又补上一句："哎，你的表白一点都不深刻呀，完全没有一点专业性。"

在注意到南森不解的目光之后，她露出一个笑容继续说："有些人在广场上面摆蜡烛，有些人承包了一个电影院，还有人买了一整个大楼的外墙广告告白，对了，上次还看到说有个人用魔方拼出一个人脸表白的。"

其实她对这些完全没什么感觉，南森那时候看着自己说出的那番话就让她足够感动。但是现在，难得她绞尽脑汁想起这些用来打击下南森。

"那你知道什么叫'十动然拒'？"

一时之间，夏未来哑口无言。

好吧，这个回合是她输了。

南森看她垂头丧气的样子，嘴角的弧度越来越明显，他摸着夏未来的脑袋："以后体现我专业性的时候还很多，不着急哈。"

夏未来又沦陷在南森突如其来的摸头杀之下。

在未来的日子里，夏未来无比后悔这天早晨自己开的这个头，让南森说出这句话。也无数次痛心疾首，自己当时为什么没有领会这句话的深层含义。

只是现在，她仍然动不动就被南森撩拨得面红耳赤，牵着小短腿的啦啦，吭哧吭哧地爬到山顶。

在知道微博小号早就已经暴露后，她暂时抛弃了已经有八万多粉丝的微博账号，重新又建了一个小号。毕竟自己还要继续花痴地关注偶像们的消息。

这次，她很谨慎，连贱宋都没有关注。

然而，夏未来第一次深刻地意识到，一个国家安全信息中心的外聘人员，专业性有多强。

某天，她在学校里，看到自己本命发了一条微博说："今天，京城的天空长这样。"

彼时，夏未来坐在空无一人的办公室里，立马开着自己的新建小号"未来是夏天的"去评论："老公好棒！老公吻我！老公，今天你的老婆长我这样！"发出去之后，她双手捧脸，羞涩地继续盯着电脑里的自拍照。

可是下一秒，就收到一个陌生人的消息说："已截图。以后想吃糖醋排骨找你老公去。"

看着字里行间的语气，不用多想，一定是南森。

吓得她赶紧删了微博，装作什么都没发生的样子。

这个刚申请不到一天的小号再次作废。

后来夏未来学乖了一段时间，意图让南森放松警惕，然后继续不信邪地又申请了一个小号。在某大 V 的一个话题互动，"问一个重口味的话题，你愿意跟你的偶像发生一夜情吗？"的下面再次评论留言。

"这种话题怎么好意思问出口，要脸吗！可我就是不要脸地愿意愿意愿意愿意啊！"

等了几分钟，夏未来的微博没有收到一条评论。她放心地长呼一口气，久违的自由又回来了。和微博绑定的手机号是伍声的，电脑 IP 地址是学校公用的，这回他要是再能找到，夏未来把名字倒着写。

然而，没等她安心多久，手机里又收到南森刚发过来的短信："晚上，请准备一万字检讨书给我。"

看来以后，只能在 QQ 群里支持我的偶像了。

于是，在某深夜的 QQ 群里。

奥萝拉："听说男神们在演唱会之后会开 after party！然后坐 VIP 位置的白富美被邀请参加了！"

未来来来来："卧槽！上次我没去肯定是因为自己买的是内场第二排！立马去开个眼角隆个胸买张 VIP 的票！我要出发了，再见！"

减肥猫不是加菲猫："然后成功打入 party，被男神染指，走上粉丝巅峰！"

未来来来来："是的，到时候一定给你们发福利！哈哈哈哈哈哈男神，快来染指我！"

未来来来来来："谁要和我一起吗？我能抢到票。"

最后一条消息还没有发出去，夏未来就收到了系统消息说："您已被'请自觉面壁思过'禁言一年。"

群里的人还在疯狂讨论为什么夏未来会被无缘无故禁言，以及"请自觉面壁思过"是谁，夏未来已经泪流满面地拿着手机给南森发短信，告诉他自己只是语言上的巨人而已。

她在 QQ 上和贱宋哭诉自己近来的悲惨遭遇，顺便，她肯定南森以前没有看过自己的微博。如果看过的话，她八万多粉丝的那个微博上，那些过于豪放的发言大概都会被清洗掉。

贱宋一边和金杯聊天，闲暇之余，简单地安慰了一下夏未来被伤透的小心灵："我在知乎上邀请你了，快去回答。"

点开网页看到问题，夏未来撸起袖子，准备说出自己全部的辛酸史。

"有个黑客男友是种什么感受？"

未来快点来：
谢谢我家贱宋的邀请。

别人能用一个支点翘起整个地球，他能用一根网线扒出你所有 ID。

交往刚开始——

哎哟，我的男朋友打扮风格是我的菜。

哎哟，他的摄影技术这么好，能把我拍成女神。

哎哟，居然送了我一直想买买买可是好贵买不起的全套限量版杯子。

后来才知道我的微博，那个心机婊早就默默关注了。

现在他动不动用"你昨天晚上 7 点 38 分用一个新注册的账号在 ×× 微博下留的那条言，我能截图群发给你学生吗？""夏阿姨应该不知道她女儿每天和别人的聊天内容是十八禁范围，是吧？""你 D 盘里有一个隐藏文件夹，里面全是你偶像之间的 BL 小黄文，你需要我分享出去吗？""我截图了你所有污得不能直视的表情包，你知道吗"……

好吧

——叮，黑客大人的人形小狗腿已上线。

番外二
FANWAI

夏未来在放寒假的第二天，就和宋瑾一起来到了斯里兰卡。

这座印度洋上的岛国，是夏未来在很早之前看完别人的游记，就心心念念想要去的地方。斯里兰卡靠近赤道，常年如夏，所以现在动身前往的主要原因是，避寒。

两个人出了机场，第一件事就是在机场门口自拍合影，然后由宋瑾发到四个人在的微信群里。

"猜猜我们在哪儿玩？"

南森和金杯两人因为洽谈一个项目，已经在一个星期前去了太平洋的另一边。

没多久，就收到了金杯的回复："海南？"

夏未来被金杯这个答案戳到了笑点。

因为景色优美，消费便宜，近些年斯里兰卡已经是成为继泰国之后，网友们口中"天朝后花园"的其中之一。

所以刚才照片里面，就算她们俩身穿短袖，背景里面人来人往的也大多是祖国同胞。

南森在会议上看到微信群里的照片，原本还生硬的表情瞬间柔化下来。来到美国之后就没有好好休息的他，揉了揉太阳穴，把手机收好塞回兜里。

再次抬头，与会人员都明显地感觉到，中方的 Boss，措辞越发凛冽逼人。

夏未来和宋瑾在班图塔一家靠海的酒店入住。

现在还是旅游淡季，仗着夏未来是教英语的，她们事先根本没有在网上订好酒店，凭着 google 地图搜到的地址，直接和老板办理手续入住。

迎接她们的服务生是一个面容精致的外国小哥，热情地做了自我介绍。可惜夏未来不好意思地"pardon"了三次之后，还是记不住他那串花半分钟才能读完的名字。

服务员小哥并没有感到冒犯，他摆手示意没关系之后，又帮忙把行李送进了四楼的房间。夏未来让他送一些特色食物上来之后，给了他两倍的小费。

"夏未来，你真大方。"贱宋笃定，她是因为服务员小哥的脸，才给多了小费。

夏未来耸耸肩，外国小哥看上去才十六七岁的样子。如果考虑到外国人显老的因素，他的实际年龄可能还更小。

小小年纪就出来打工，夏未来为小帅哥掬一把辛酸泪。

她闭着眼睛，暂时忘记自己饿得前胸贴后背，感受海风吹在脸上的轻柔："好喜欢这里啊。"

下回可以和南森再来一次，夏未来在心里如是想。

两人坐在四楼房间的阳台上，面前正对着印度洋，湛蓝的海面和天空融为一界。靠近岸边的海面上，有各种肤色的人穿着泳衣在浪潮中自在地翻滚。

"女士，你们的东西到了。"

睁开眼，面前是小帅哥露出不止八颗大白牙的笑容。他的餐盘里面，端了两杯果汁，一个海鲜比萨，一份分量十足的斯里兰卡炒面和一盘咖喱蟹。

已经饿得饥肠辘辘的夏未来赶紧坐直身子，和贱宋一起帮忙接过盘子。

"多少钱？"夏未来掏出钱包。斯里兰卡的纸币面额跨度很大，有5000卢比，也有2卢比。其中有些颜色还近似，这让夏未来每次付钱的时候压力很大，生怕自己不小心弄错面值。

谁知小哥摇摇手，对夏未来说："这是我请你吃。"

"为什么？"

她久违的桃花，难道还在异国他乡开出来一朵吗？

外国小哥："因为我们是朋友啊。"

听到外国小哥特地用标准的发音重复了几次"friends"的单词，宋瑾笑得花枝招展，她一把搭在夏未来的肩膀上："都说外国人从小自带撩妹技能，没想到他年纪轻轻，套路也这么深。才刚见一次面就和我们是朋友啦。"

随后，她趁着夏未来和斯里兰卡人民掰扯，虽然是朋友但是无功不受禄，以及没付钱就吃不下饭的空隙，给南森发出了一条微信。

小帅哥终于收下了饭钱，他擦着脸上的汗，然后靠在栏杆上看着夏未来和宋瑾吃饭，顺便有一搭没一搭给她们介绍斯里兰卡的旅游景点。

"我们晚上出去玩吧？"

请相信，这句话是眼前这个才见过一次面的服务生小帅哥说的。他眨着大眼睛，卷翘得让夏未来艳羡不已的睫毛也跟着扇动。注意到夏未来诧异地看向自己后，他又说："我家就在加勒古城，晚上我可以带你去看夜景。"

呵呵呵，斯里兰卡的人民真积极。

夏未来不想打击小帅哥的热情："小孩子家家，晚上早点回家睡觉吧。"

"不，我不小了。"小帅哥鼓着脸。

"哦，你几岁？"一旁看好戏的宋瑾很好奇外国男人的年龄。

"二十六。"

于是，南森在收到"有外国小帅哥请夏未来吃饭"的微信之后，又收到一条"小帅哥其实没那么小，他已经二十六岁了"。

他挑高眉毛，暗自叹气道，看来还是得好好看着她。

于是手指微动，他在斯里兰卡的签证官网上，发送了两封电子签证的申请，又用手机订好两张去斯里兰卡的机票。

第二天，睡了一晚调整时差的夏未来，在接近中午的十一点钟醒来，宋瑾已经起来安静地坐在阳台上，一边吃早餐一边看海边的风景。另外，心里盘算着，什么时候能看到金杯，以及和他一道过来的南森。

其实，她还蛮想亲眼看看，表面上不食人间烟火的南森吃醋的场景，虽然以前都是夏未来转述的。

夏未来睡眼惺忪，花了一分钟时间反应过来，现在是在斯里兰卡的海边之后，摸出枕边的手机。开机后，就看到微信里面南森发来的消息。

"玩得开心吗？

"斯里兰卡的人民怎么样？"

当下，夏未来就想到了昨天对自己发出邀请的外国小帅哥。

阿不，是已经二十六岁了的外国帅哥。

她异常乖觉地回复了一条："没有你在，一点都不开心。"

不过等了半天，也没见他的消息。

大概是美国正在深夜？

想到时差问题，文科生夏未来立马把手机丢在一边。

懒散地躺在沙滩椅上度过一下午，夏未来才觉得自己的精力恢复过来了。

在第三天的清晨，她把行李寄放在海景房里，和贱宋花了一天时间，玩遍了加勒古城，直到落日西下，才提着一大袋热带水果，重新回到班图塔的海边酒店。

"夏，你们回来了？"准备下班回家的小帅哥特地爬到四楼，他再次发出邀请，"和我一起回家吗？我带你去看夜景。"

夏未来还没来得及摇手拒绝，小帅哥身后一道清冷的声音，用最标准的美式发音替她回绝："我女朋友今晚大概会陪我待在这里。"

话音刚落，夏未来看着前两天还在视频里看到的身影朝自己走来。虽然依旧身形挺拔，风姿绰约，可眼睛里布满的红血丝，还是暴露了他风尘仆仆舟车劳顿的事实。

她的肩膀被环住，熟悉的薄荷味又弥漫在鼻尖。

"如果不介意的话，我们要休息了。"

小帅哥尴尬地笑了下，在南森冰冷的视线里，头也不回地逃走了。

一旁的金杯看人都走了，于是也哈欠连天跟夏未来抱怨说："从肯尼迪机场飞到迪拜，等了三个多小时，才到科伦坡，然后又坐车赶到这边来。我眼睛都睁不开了，得赶紧开个房间去休息。"说完就带着贱宋往楼下走去。

"不是说下周才能回国吗？为什么不多休息几天再过来？"夏未来牵着南森的手，把他带进房间。

"怕你拒绝不了斯里兰卡人的热情，玩得太开心。"

南森不掩疲倦的神情，挑高眉，戏谑地看着夏未来，把人揽到怀里，埋在带着清香味的颈间："其实我想你了，想早点见到你。"环紧胳膊，郑重其事地在夏未来的锁骨上吻了一下。

男神的情话功夫日积月累，已经变成随口一说就能让她心跳加速的地步。

可南森说的都是事实。

他并不清楚夏未来对自己的影响到底有多大。

这次分开一周多，南森就发现自己越来越不适应，没有她出现在自己身边的日子，做什么事都会想夏未来现在在做什么，连睡梦里都被她占据。

现在待在她身边，他才安心下来。

夏未来趴在床边，看南森已经睡熟的侧脸，耳畔是印度洋的海浪声声不歇。

她想到初次在咖啡店看到南森的时候。

他白衣衬衫，手里拿着一杯咖啡，对周遭所有的目光都视若无睹，就这么从她身边擦肩走过。那时候她不会想到，未来能和他携手度过每一天。

树在，山在，大地在，岁月在，你在，这个世界不能更美好。